힘들지 않은 사람은 없다.
다만 그 힘듦을 털어놓고 공감해줄 수 있는
사람이 곁에 있느냐 없느냐의 차이다.
그 차이가 전부일 뿐.

상처 하
나
위로 둘.

상처 하
나
위로 둘。

초판 1쇄 발행 2017년 3월 22일
초판 2쇄 발행 2017년 3월 24일

지은이 동그라미

발행인 장상진
발행처 (주)경향비피
등록번호 제2012-000228호
등록일자 2012년 7월 2일

주소 서울시 영등포구 양평동 2가 37-1번지 동아프라임밸리 507-508호
전화 1644-5613 | **팩스** 02) 304-5613

ISBN 978-89-6952-164-4 03810

· 값은 표지에 있습니다.
· 파본은 구입하신 서점에서 바꿔드립니다.

상처 하
나。
위로 둘。

동그라미 지음

경향BP

Contents

내가 당신의 아픔을
들어줄게요

1장

내 위로가 당신의
아픔을 대신하길 바라며

2장

내가 당신의
아픔을
들어줄게요

추억 속에
묻어두다

너도 알잖아. 하루를 그 사람의 목소리로 버텼고, 그 사람을
만날 생각에 또 몇 달을 버텨내고 있었다는 것. 너도 잘 알잖
아. 그런데 어떻게 잊으라고만 말할 수 있어. 하루 이틀 만난
사람도 아닌데 어떻게 하루 이틀 만에 잊으라고 할 수 있니.
좋은 사람 아니라는 거 네가 그렇게 말해주지 않아도 나도 잘
알아. 근데 있지, 아직도 그래. 그 사람이 좋은 사람이 아니라
는 것쯤은 내 머리가 알고 모든 사람이 다 알고 있는데, 그 사
람이 아니면 안 되겠더라. 길을 걸어도, 밥을 먹어도, 카페에
가도 온통 그 사람과의 추억밖에 생각나지 않아. 그 사람이
지금이라도 다시 돌아와서 아무 일 없던 것처럼 내 손을 잡아
주면 좋겠어.

그러니 제발 잊으라고 말하지 마.
잊지 못해. 그냥 어느 순간부터 조금씩 무뎌지겠지.

난 그렇게 추억 속에 그 사람을 묻으며 살 거야.

나를 사랑했던 네가
　　　　나를 아프게 한다

이별이 힘든 이유 중 하나는
내가 사랑했던 사람이
나를 아프게도 하고 슬프게도 한다는 것이다.

내게 했던 말이 모두 거짓이라도 좋았다.
달콤한 말이라면 거짓이라도 네게서 듣고 싶던
내 욕심이 불러온 결과라 체념하려 한다.

하지만 네가 주었던 슬픔은 끝이 없었다.
조금은 무뎌졌다 생각할 때쯤 들려오는
네 소식과 네 생각에 나는 더욱 비참하게 무너졌고
어쩌면 '다시 너와…'라는 생각을 하기도 했다.

그 생각이 나를 또 한 번 비참하게 만들었다.

결국 너를 사랑하면서 나에게는
비참한 감정밖에 남지 않았다.

미래

머지않은 내 미래에 대해
많은 생각이 들기 시작했다.

불확실 속에 찾아야 하는 확실과
불완전하지만 만들어가야 하는 완전함.

많은 생각으로도 벅찬 하루에
많은 것을 이루어야 하는 내일이다.

당연하게

새벽이 찾아오는 것처럼 당연하게
네 생각이 불쑥 나를 찾아왔다.
그리고 네 생각에 울었다.
그리고 네 생각에 웃었다.

당연하게.

눈 내리던 어느 날

눈이 온다는 핑계로 네게 연락을 하고 싶었다.
아마 네게 연락을 할 수 있는
내 마지막 핑곗거리가 될 것이다.

눈이 내리는 장면을 바라보는 걸
좋아하던 너라서.
눈이 내릴 때면 항상
행복한 표정을 지으며
지켜보던 너라서.
네게 눈이 온다는 핑계로 연락하고 싶었다.

그렇게 내 마지막 핑곗거리는
정말로 마지막이 되었고,

눈이 오는 날이면 또다시
네 전화번호를 보면서 눈처럼 녹아내린다.

지난 후

서두르지 않을 걸.
섣부르지 않을 걸.
항상 지난 후에 보면 왜 모든 과정이
섣불렀고 나는 서둘렀을까.

섣불렀던 생각이 잘못일까.
서둘렀던 행복이 잘못일까.

너에게

난

"너에게 난 어떤 사람이었어?"

"이제 와서 그게 뭐가 중요해?
우린 끝났잖아. 그걸 안다고 해서 뭐가 달라지기나 해? 이제
와서 '나는 너를 참 많이 좋아했는데 변한 건 너야.'라고 알려
주고 싶은 거야? 변한 건 내가 아니라 우리겠지. 헤어지자고
말한 것도 너였잖아. 그런데 너는 착한 척, 피해자인 척하려
고 하지 마. 그때의 네가 어떤 사람이었든 이젠 돌이킬 수 없
으니까. 네 입에서 헤어지자는 소리가 나왔을 때 우린 모든
게 무너져버린 거니까."

내 전부

너무 보고 싶어요.
그게 전부예요.
그래서 힘들어요.
내 전부를 할 수 없으니.

차라리 보고 싶다고
말할 수 있을 때가 좋았던 것 같아요.
지금은 보고 싶다는 말조차 전할 수 없으니 너무 힘드네요.
더 이상 전할 수 없는 말이 되어버린 지금에서야 후회해요.
그렇게 쉽게 내뱉던 말인데, 어쩜 이리도 어려운 말이 되어버
렸을까요.

차라리
미련이기를

차라리 미련이라고 말할 수 있었으면 좋겠어.
나도 모르겠거든, 지금 이 감정.

차라리 미련이라면 아쉽기만 할 텐데
미련이라고도 말할 수 없으니 아프기만 하잖아.

서둘러야 할 땐
서두를 줄도 알아야 했다

너에게 천천히 다가갔다. 너에 대해서 조금 더 자세히 알고 싶어서. 그러다 보니 너와 연락하고 지내는 기간이 길어졌다. 처음에 서로에게 마음이 생겼을 땐 몰랐다. 우리가 이렇게까지 비극적인 결말을 맞이하게 될 줄은. 서로에게 원하는 것도, 서로에 대해 아는 것도 고작해야 좋아하는 음식이나 좋아하는 장소 같은 사소한 것이었다. 하지만 너와 연락하고 지내는 시간이 길어질수록 우린 서로에게 더 많은 것을 요구하기 시작했고, 처음엔 몰랐던 네 모습이 나오기 시작했다. 아무것도 모른 채로 너와 만나지 않게 되어 다행이었던 것이 아니라, 너와 아무것도 모른 채로 만나 서로의 모습을 이해하고 서로에게 맞춰가며 사랑해야 했다. 아무것도 아닌 사이에서 서로 너무 많은 것들을 알게 되면서 너무 많은 것을 요구하게 되었다. 내 사랑의 실패는 천천히 다가갔던 것에서부터 시작이었다.

예쁜 사랑이
　　　　아픈 사랑으로

눈빛만 봐도 사랑이 전해질 만큼
말하지 않아도 전해질 만큼
내 모든 것을 주며 사랑을 했다.
참 예쁜 사랑이었는데.
참 좋은 사람이었는데.

너는 그렇게 모질게 나를 떠나가더라.
그렇게 네게 쏟아부었던 내 사랑은
모조리 네 다음 사람에게 전해지겠지.

감정 바다

시간이 흐르면 뭐든 지나간다.
그게 사랑이 되었든
그게 이별이 되었든
그게 뭐가 되었든 지나간다.

시간이 흘러 나아지기만 기다리다 보면
흐르던 감정은 흘러간 감정과 함께 섞일 것이다.

시간이 흐르기만을 기다리지 마라.
네 감정도 함께 저 깊은 바다에 빠질 것이니.

최고의 핑계

연말이라는 핑계로 너에게 안부를 묻고 싶었다.
그게 유일한 핑곗거리가 될 수 있을 것 같다.

하지만 우리는 더 이상은 그런 핑계로도
말 한마디 섞을 수 없는 사이가 되어버렸지.

최고의 핑계로도 너에게 연락조차 할 수 없는
사이가 되었으니 이제는 잊어보려 해.

내 지난 사랑아.

파도

당신이 파도라면
어디까지 밀려 들어왔던 것일까.

매우 깊은 곳까지 밀려 들어와서
내 모든 것을 휩쓸고 간 것일까.

멈춘 사랑

아직도 그래.
네 이름만 보여도 어찌해야 할지 모르겠고

가끔 들려오는 네 소식에
멋쩍은 미소만 지을 수밖에 없어.

아직 그 시간 속에 멈춰 있는 것 같은데.
내 사랑이 아직 거기에 멈춰 서 있는데.

내가 어떻게 아무렇지 않을 수가 있겠니.
내가 어떻게 잊을 수 있겠니.

방법

사랑하는 방법 따위는 없는 줄만 알았다.
방법 따위가 왜 필요하겠냐고 생각했다.
틀렸다.

사랑하는 일에는 방법이 필요하다.

상대방의 발걸음에 맞춰서 걷는다거나
상대방과 눈을 마주친다거나 하는
사소한 일 하나하나가 방법이 된다.

그땐 몰랐다.
이런 것 하나하나가 방법이 된다는 것을.

네가 떠나간 지금에서야 방법을 알아버렸다.

그래서 아프다, 더 아프다.

아픈 관계

내가 아끼는 관계라도
나만 참아내다 보면
남아나지 못하겠지.

관계가 편해지는 것은 좋아요.

하지만 편하다고 해서 필요할 때만 찾고 마음대로 할 수 있는
사람이라고 생각하는 편리함이 싫은 거예요.

나를 편리한 물건처럼 찾을 거라면 차라리 내게 웃어주지 마
세요. 당신과 편해졌던 과정이 너무 소중해서 당신이 떠난 후
에도 당신과 함께했던 시간이 너무 아플 것 같거든요. 그러니
나를 필요할 때만 찾을 거라면 편해지는 과정은 없었으면 합
니다. 그럼 당신도 내가 불편해서 마음대로 하지는 못할 테니
까. 그렇게라도 당신 곁에 오랫동안 머물고 싶으니까. 차라리
그냥 편하지 않은 관계로 쭉 있어줘요.

관계는 편안해지면 끝도 없어요. 하지만 편안함의 끝은 있습니다. 너무 편안해서 많이 사용하게 되면 언젠가 낡아서 골동품이 되거나 폐기처분이 되는 것처럼 말이에요.

우연히 본 너는 여전히 예쁘더라.

너를 본 나는 여전히 그때를 그리워하고.

너무 차가웠던 사람

너무 따뜻했던 사람이라
네가 머물다 간 자리에는
온기가 남아 있을 거라 생각했지만

네가 머물다 간 자리에는
서리가 내리고 있었다.

원래 따뜻할수록 더 빨리 식어가는 법이니까.

추억은 추억으로

헤어진다는 거 상상하기도 싫었어. 하지만 영원한 것은 없으니 어쩔 수 없다고 생각하는 편이 마음이라도 편하겠다. 그럼 '헤어짐도 영원하지 않겠지.' 하는 기대감에 부풀어 너를 또 그리워하게 되겠지. 그런데 헤어지는 건 영원할 수 있더라. 그래도 영원한 건 있더라. 그것처럼 우리 행복했던 추억도 영원할 수 있다는 것만을 기억해줬으면 좋겠어. 그냥 추억은 추억으로 남았을 때 가장 아름다운 법이니 가장 아름다운 나이에 나를 만나준 너에게 고마움을 전할 뿐이야.

아무 일 없이

얼마나 더 힘들어야 무뎌지고
얼마나 행복해야 만족할까.

차라리 좋은 일도
차라리 나쁜 일도
아무 일 없이 지나가기를 바랄 뿐이다.

하지만
　　　　내 욕심이었다

위로를 받고 싶었어.
그게 너였으면 더 좋을 것 같았는데.
사소한 것 하나로 서로에게 위로가 되어주던
그런 우리였는데,
지금은 왜 이렇게 멀어지고 있는지 모르겠어.

그냥 너에게 너무 많은 것을 갈구했던
내 욕심이 컸던 것으로 생각할게.

그래서 네게 많은 것을 바라는 것을 그만두려 해.
혹시라도 서로를 사소한 일로 위로해줄 수 있다면,
그게 내 욕심이 아니라면, 너도 그렇다면.

돌아가자 우리.

운명

우연

운명이라고 생각했다.

하지만 모든 것은 우연이었다.
우리가 만났던 것도
지금 네가 보고 싶은 것도 우연일 뿐이다.

내게 운명이었던 것은
아픔만 남은 지금일 것이다.

보내지 못한 편지

우연히 네게 썼던 편지를 발견했어.

너무 아픈 기억뿐이라 다 잊고 싶어서 찢어버렸다고 생각했는데, 버리지는 못했더라. 너와의 추억이 너무 소중했던 거 같아. 지금은 추억이라고 부를 수 있을 만큼 무뎌졌으니 말할게.

"잘 가. 고마웠어, 많이. 내 추억으로 평생 남아서 내게 가장 예쁜 추억으로 기억되어주라. 내 지난 사랑아."

그래도 그게
네가 아니길

문득 그런 생각이 들었다.
나에게 힘이 되어줬던 사람이
나를 힘들게도 할 수 있다고.

그럼 내게 힘이 되어준 만큼 더 아플 테니까.
그래도 그게 네가 아니길 바랄 뿐이다.

정말로 신이 있다면
적어도 내게 힘이 되어줬던 사람이
나를 힘들게 하지는 않게 해달라고 빌어본다.

내 힘듦과
　　　　네 힘듦이

내가 힘들어하는 것에 대해서는 왜 그렇게 가볍게 이야기할
까. 어째서 너는 그건 힘든 것도 아니라며 내가 너보다 덜 힘
들 것이라 생각할까. 네게 힘듦을 말했을 땐 네가 얼마나 힘
들었는지를 물어보는 게 아니라 내가 그랬던 것처럼 이야기
를 들어줬으면 하는 거야.

밥그릇에 같은 양의 밥을 담아도 누군가에게는 한 공기가 될
수도 있고, 반 공기가 될 수도 있는 거니까 내 힘듦에 대해 마
음대로 판단하지 마.

늦은 대답

"미안해. 내가 너무 내 생각만 했던 것 같아. 네가 없으니까 안 되겠더라. 미안해."

"이제 와서 이런다고 뭐가 달라지는지 모르겠네. 헤어짐을 결정했던 네가 미안하다고 하는 것도 참 웃기네. 네게 듣고 싶었던 말은 "네가 없으니까 안 되겠더라."가 아니라 "네가 없으면 안 돼."였어. 비슷한 말이라서 또 착각하고 넘어갈 뻔했네. 내가 듣고 싶어 했던 말은 그때 했어야지. 말이라는 건 네가 해야 할 때가 지나면 아무 소용없는 거니까. 네가 이런다고 달라질 건 아무것도 없어."

내 진심은
　　　　　그렇게 사라졌다

내 진심이 짓밟혔다면
그건 더는 진심이 아니다.

네게만 통했으면 했던 진심을 네가 짓밟아버렸으니
아무것도 아닌 것이 되는 것이다.

오로지 너에 의해 만들어진 진심이었으니
그걸 몰라주는 너에 의해 사라지는 게 당연하니까.

슬프지만
체념해야지.

드라마

시간이 지나도
드라마 속 명대사는 기억에 남는다.

하물며 내 인생의 드라마 같은 순간을 함께했던
당신을 잊을 수 없다.

당신과 함께한 모든 순간이
드라마보다 더 드라마 같던 순간이라
당신과 함께했던 모든 순간을 기억한다.

그래서 사람을 잊는 건
　　　　　힘든 것인가 봐요

그냥 그럴 때가 있잖아요.
누군가가 그리운 건 아닌데
그리운 감정이 들 때가 있잖아요.
그럴 때까지 기다려야 해요.
사람을 잊는 일은.

내가 그리워하는 사람이 누구였는지도 모를 만큼.

결국
　　　무너졌다

결국 무너졌다.

같이 걸었던 그 길을 갈 때마다
괜찮다고 생각했던 모든 것이
착각이라는 것을 알게 되었고

결국 후회하는 것은
더 솔직하지 못했던 나였다.

흔적

너의 흔적이 남아 있는 곳.
우리가 멀리 떨어져 있어도,
우리가 다신 예전 같은 관계가 되지 못해도.

네 흔적이 남아 있는 곳은 여전히 그대로 있어.
손만 뻗으면 닿을 곳에 네가 있었는데
이젠 어디로 가버렸는지도 모르겠어.

그냥 네 흔적이 남아 있는 곳에서
그리워하는 것 말고는 할 수 있는 게 없어.

오늘도 우리가 있던 그곳에서
나는 손을 뻗어 네가 돌아와
내 손을 잡아주기만을 기다린다.

기다리다 보면 언젠가 돌아오거나 잊히겠지.

그땐 너의 흔적이 아닌

우리의 행복했던 추억으로 남아 있겠지.

"나도 모르게 이 사람이 좋아졌어. 그런데 나도 모르게
이 사람을 잊는 건 왜 안 되는 거야?"

"좋아하는 만큼 아픈 거야.
그런 사람을 잊어야 하니까 모를 수는 없지."

나는 아직 그렇게
사랑하고 있다

함께 걷던 눈길에 남은 발자국마저 그리워하게 되는 게 사랑이다. 너와 함께 걷는 것을 그만두면서 우리가 남겼던 발자국에는 다시 눈이 쌓여 우리의 흔적이 하나둘씩 사라져 가고 있다. 내 옆에서 사라져가는 마지막 우리의 흔적이 아직 사라지지 않았으니 난 아직도 떠나지 못한다. 내 사랑이 아직 여기에 남아 있다.

네가 남긴 마지막 발자국에 눈이 쌓이지 않기를 바라며 온몸을 바쳐 눈이 쌓이는 것을 막아내고 있다. 나는 아직 그렇게 사랑하고 있다.

사랑과 이별
그 사이

사랑할 땐 매 순간이 특별해지고
매 순간을 기억하게 되는 것과 반대로

이별이 다가올 때쯤에는
아무 일도 없었던 것이 되고
아무 사이도 아니었던 게 된다.
그렇게 조금씩 아무것도 아닌 것에 무뎌지고
그렇게 우리는 남이 되어 헤어진다.

우리가 함께했던 모든 시간이
아무것도 아닌 게 되는 게 가장 아프다.

내가 사랑한 사람
내가 사랑했던 사람

내가 사랑한 사람아.

네가 먼저 나를 떠나갔다고 해서 내가 아직도 너를 사랑하고
있을 거라는 착각만은 하지 않았으면 좋겠다.

내가 사랑했던 사람은 그때 그 사람일 뿐이야.

너는 그때 그 사람이 아니야. 내가 사랑했던 사람이지, 사랑
하는 사람은 아니라는 거야. 그러니 제발 나를 두 번 다시 찾
는 일은 없었으면 좋겠다.

내가 사랑했던 사람아.

네게 사랑이었다면
이 모든 걸 그만두려 해

내가 잘못했어.

내 의도가 어찌 되었든 당신이 받아들였던 그게 사랑이었다면 어떠한 변명도 할 수가 없어. 너무 이기적인 생각이겠지만 지금은 누군가를 사랑하고 싶지도 않고, 누군가와 사랑할 여유조차 없어. 내가 지금 하는 이야기는 너에게는 너무 잔인한 말이겠지. 그래도 이 관계를 정리하지 않으면 더 힘들어지는 건 너일 테니까. 모든 건 내 실수였으니까 내가 저지른 실수로 진심이 없는 사랑을 하고 싶진 않으니까.

그렇게 되면 너에게 더 못된 짓을 하는 것이니까. 내 선택이 최선이 아닐 수도 있지만 내 선택이 모두 옳은 것은 아니라는 것은 잘 알지만, 너와의 모든 것을 그만두기로 했어.

바람에는
여러 가지 의미가 있다

바람 좋다.

무더운 여름에 바람 한 점 불어오면 그렇게 좋을 수가 없지.

네가 나에게 가져다준 바람도, 무뎌진 내 마음에 네가 줬던 설렘도 그랬지. 무더운 여름에 불어왔던 바람이 무뎌진 내 마음에 네가 일으킨 폭풍처럼 크게 느껴졌지.

겨울이 되면 칼바람이 되어 나의 구석구석을 시리게 할 수도 있다는 사실을 모른 채.

나는 너를 겨울이 아닌 여름으로 남겨두고 싶다.

이별에는
미련이 동반한다

헤어졌어. 헤어진 건 헤어진 거야.
지금 감정은 그냥 미련일 뿐이야.
고민하고 아파해봐야 풀리지 않을 고민에 불과하고
시간이 지나면 잊힐 아픔에 불과하겠지.

미련을 버릴 수 있다면 좋겠지만, 그게 마음대로 된다면
얼마나 좋겠어. 그러니 언젠가 무뎌질 날을 기다리며 당신을
품고 살 거야.

힘듦을 알아주지 않아도 되니
　　　힘듦을 안겨주지도 않기를

"무슨 일 있어? 힘들면 기대도 돼."

"괜찮은 척하는 것도 힘들어. 너무 힘들어서 괜찮은 척이라도
해보려 했는데 그것마저 힘들어서 못하겠다. 누군가가 내가
힘들어하는 것을 알아줬으면 하는 것은 아닌데 그래도 더 힘
들게 해서는 안 되는 거잖아. 그런데 왜 믿었던 사람들은 이
럴 때마다 나를 더 힘들게 하는 걸까. 새벽이 되면 아무 이유
없이 우울해지고 아무에게도 말하고 싶지 않은 이야기만 늘
어나게 돼. 요즘 정말 힘들다."

아픈 잔상

아픈 이별을 했다.

그럼에도 불구하고 우리는 또 사랑을 한다.

머지않아 내가 사랑했던 그 사람은
희미한 잔상으로 남게 될 것이다.
그리고 나에게로 다가왔던 그 사람이 남긴 잔상은
누군가에게도 희미한 잔상으로 남아 있겠지.

잘 지내

내가 후회할 만큼
네가 부디 잘 지냈으면 좋겠다.

내 감정에 솔직했던 그날을 후회하지 않는다.
결국 언젠가 겪어야 할 일이었으니까.
결국 너에게 잘 지내라는 말을 전해야 했을 테니까.

두려움 따위에
          사랑이 무서워서

우연히 그 사람을 알게 되었고, 우연히 그 사람의 깊은 곳까지 알게 되었다 치자. 그럼 언제까지 우연으로 놔둘 건데. 당신이 원하는 사랑이 이런 방식이라면 당신을 사랑해줄 사람은 그 어디에도 없고 앞으로도 없을 거야. 그냥 내 사람이니까, 내 사랑이니까 당신이 해야 할 일은 계산 같은 것 하지 않고 사랑해야 하는 거잖아. 최선을 다해야 하는 거잖아. 당신의 모든 것을 다 바쳐도 모자란 사랑인데 다 바치기는커녕 넌 상대방이 주는 사랑만 받으려고 하잖아. 그 사랑 받아둬서 뭐 하려고? 놓치기 싫은 사람이라며? 좋아하는 것 같다며? 그런데 왜 그러는 건데. 네 마음에 확신이 없는 게 아니라 넌 그냥 그 사람을 저주하는 거야. 그 사람이 너를 떠날 때까지 넌 그 사람을 저주하는 거고, 그 사람이 떠난 후에 네가 아무리 사랑이라고 해도 그 사람한테는 그것마저 저주가 되어버리겠지. 네 두려움 따위 극복하지 못할 거라면 확실하게 표현해.

아니라고. 당신은 내 사람이 아니라고. 이젠 그만 우연을 우
연으로 떠나보내자고.

소수에게만 필요한
예쁜 단어

세상에는 참 소수에게만 필요한 단어가 많다.
예를 들어 '영원'이라든지 '평생'이라든지
그런 지킬 수 없는 말들 말이다.

평생을 함께할 수 있을 거라 생각했던 사람도 영원히 변하지
않을 것 같던 사람도 언젠가는 변한다. 언젠가는 떠난다.

그 시간이 조금만 천천히 오길 바랄 뿐이다.

운이 좋다면 내가 그 소수가 되어 내게 필요한 단어가 되기를
바랄 뿐이고.

슬픈 우산

우산이 될게요.
필요할 때만 찾아도 좋아요.
오늘처럼 온종일 비가 내리는 날이면
온종일 같이 있을 수 있잖아요.

난 그거면 충분해요.

남은 감정

연애를 하다 보면 변할 수 있고
헤어질 수도 있다.
항상 한결같을 수는 없다.

그러니 사람 마음이 변하는 것을
탓할 수도 없는 노릇이다.

그러니 누구를 탓할 수도 없는 이별이겠지.
누가 되었든 마음이 한결같을 수 없다.

누구의 잘못인지 따지기보다는
이미 헤어졌다는 사실을 기억해라.

돌아올 거라는 헛된 희망이라도 품고 싶겠지만

희망이 아닌 소망이라고 말하고 싶다.
지금 당장 슬프고, 괴롭고 힘들지만

가장 큰 문제는 이별 후에도
상대방에 대한 감정이 남아 있는 것이다.

미련

하고 싶은 말은 다 했어요.
그래도 한 번 더 말할게요.
정말 많이 보고 싶어요.

우리가 왜 이렇게까지 되어버렸는지,
나는 왜 이렇게 부족하기만 한 것인지.
하나도 모르겠어요.

그냥 하고 싶은 말은
아직도 당신이 보고 싶어 미칠 것 같다는 거예요.

네게 들어서는
안 되는 말

잘 자라고 해줬던 때에는
네게 잘 지내라는 말을 들을 줄은 몰랐지.

좋은 사람을 만났다 생각했는데
네게 좋은 사람 만나라는 말을 들을 줄도 몰랐고.

사랑받는 느낌을 주지 못한 잘못
사랑하는 방법이 달랐던 잘못

너는 내게 마지막으로 사랑했냐는 질문을 했다.

"나 사랑하긴 했어?"

"그러게, 분명 조금 전까지는 사랑이었는데, 지금 네게 이런 말 들으니까 이게 사랑이 아니었던 것 같네. 내가 여태껏 네게 했던 노력과 표현들이 네게는 전해지지 않았다는 뜻으로밖에 들리지 않아. 막상 너에게 이런 이야기를 들으니까 내 사랑에 의문이 생기기도 하고, 더는 네게 그 어떤 것도 해줄 수 없을 것만 같은 기분이야."

나는 기어코 네 입에서
사랑하긴 했냐는 말이 나오게 만들었다.

사랑받는 느낌을 주지 못한 내 잘못과
사랑하는 방법이 달랐던 우리의 잘못이
서로에게 아픔만 남긴 채 이별을 가져왔다.

뜬눈으로 지새우는
네가 떠난 새벽

네가 떠난 자리는 네가 머물다간 자리만큼이나 컸다. 어쩌면
네가 머물다 간 자리보다 더 크게 느껴졌다. 공허함이라는 게
원래 있다가 없으면 더 크게 느껴지는 법이니까. 평생 옆에
있을 줄만 알았던 너라서 네가 떠난 빈자리는 더 크게 느껴
졌다. 행복해야 할 네 생각에 마음 한구석이 아려오는 새벽이
너무 아프다. 아프다는 말 이외에는 더 이상 표현할 수 있는
말이 없을 만큼 정말 아프다.

아픈 새벽

별것도 아닌 일이다.

곧 지나갈 일이고

단지 별것도 아닌 일에 곧 지나갈 일 따위가

늘 새벽이 되면 찾아오는 것뿐.

그래서 늘 새벽이 아프다는 것뿐.

나만 놓아버리면
끝나는 관계

인간관계는 뜨겁지도 차갑지도 않게 적당히 미지근하게 이어
나가야 해요.

잘해주는 게 좋아서 챙겨주려 하는 것인데도 불구하고, 누군
가에겐 그것이 사랑으로 받아들여질 수도 있고, 부담이 될 수
도, 질투가 될 수도 있잖아요. 내 사람이니까 잘 챙겨주고 싶
고, 함께하고 싶은 것인데 그게 나에게는 항상 상처로 돌아오
니 문제가 되는 거예요. 누군가에게 좋은 감정이 생기게 되면
그 감정을 조절할 수는 없잖아요. 그런데 인간관계라는 게 참
웃겨요. 그렇게 노력을 해도 안 될 관계라면 아무 일 없던 것
처럼 금방 끝이 나버리더라고요. 나만 놓으면 끝나버리는 관
계인 거죠. 더 웃긴 건 그걸 모르는 사람이 없다는 거예요. 혼
자만 이어가는 관계를 놓기만 하면 되는데, 놓을 줄 모르는
것도 아닌데 그냥 이어가는 거죠.

'나만 놓아버리면 끝나는 관계'

세상에서 가장 비참한 관계를 이어가는 거죠.

누군가를 사랑하는 내 방법은 언제나 서툴렀고,

누군가와 이별하는 내 마음은 언제나 섣불렀다.

여름 가을 겨울
그리고 봄

사랑할 땐 계절을 닮았다.
여름엔 살이 보이는 옷을 입는 게 당연한 것처럼
너와 내 관계가 뜨거워질 때는
서로 숨기려 하지 않고, 모든 것에 솔직했다.

가을이 찾아오고 공기가 차가워질 땐
살이 보이지 않는 옷을 입는 게 당연한 것처럼
너와 내 관계가 차가워질 때는
서로 조금씩 감추기 시작했다.

그러다 봄이 찾아오면 또다시 여름이 오겠지만
우리에게 봄이 찾아오지 않는다면
언젠가 모든 것이 꽁꽁 얼어
더는 숨길 것 없이 그대로 멈춘 채 죽어가겠지.

척

이겨낸 것이었다면
또다시 아플 일이 없었겠지.

그저 아픔이 무뎌질 때까지
버텨냈을 뿐이야.

아무렇지 않은 척하는 것도 이젠 힘겨워.

한참

하염없이 울었다.
한참을 아무 생각 없이
한참을 네 생각에 울었다.

수족냉증

항상 손과 발이 차가운 너라서
무작정 손을 잡고 걷는 걸 좋아하게 되었고
길을 지나가다 수면 양말이라도 보이면
항상 네 생각에 노점 앞에 서서
어떤 색이 너와 잘 어울릴까
매번 똑같은 고민을 하곤 했지.

항상 손이 따뜻한 나라서
차가워진 네 손을 잡고 있으면
뜨겁지도 차갑지도 않은 미지근한 온도가 되었지.
그래서 더 좋았어.
너무 뜨겁지도, 차갑지도 않을 수 있어서
그래서 더 오랫동안 네 손을 잡을 수 있어서
나는 네 손이 차가운 것에 감사했지.

지금 네 손은 어떨까.

차가울까,

아니면 미지근할까.

다시 한 번 더 네 손을 잡아볼 수 있을까.

그래도
　　　　사랑이니까

너에게 안부를 묻고 싶었다.
안부를 핑계로 너에게 연락을 해보고 싶었다.

구차한 사람으로 기억되기 싫어서
마지막이 될지도 모르는 말을 전하지 못했다.

시간이 너무 지나 안부조차 전할 수 없는
관계가 된 지금에서야 난 후회한다.

여전히 보고 싶다는 말밖에 전할 수가 없다.

여전히 보고 있는 것만으로도 행복한 너라서
여전히 넌 나에게 사랑으로 남아 있으니까.

그래도 사랑이니까

그래서 난 오늘도 너에게 무언의 안부를 전한다.

결국

결국 당신이군요.
다른 말은 필요 없어요.

내가 멋지게 늘어놓았던 문장들도
보고 싶다는 진심도 무참히 짓밟았던 사람이지만
또다시 당신이군요.

다른 말은 하지 않겠어요.
보고 싶어요.

너도 좋은 사람이었지

"좋은 사람 만나. 네가 행복했으면 좋겠다."

"그래. 정말 행복할 거 같네. 내 행복을 빌어줄 거였다면 오지를 말았어야지. 행복을 빌어주지 말고 행복이 되어줬어야지. 좋은 사람인 척하고 내게 다가오지 말았어야지. 네 덕분에 누구를 만나도 마음 편히 좋은 사람이라 믿지도, 행복하지도 못할 거 같아. 내 인생에서 스쳐 지나가는 사람에 불과할 사람이었으면 내 인생에 스며들지 말았어야지."

네가 없는
늦은 새벽

통화를 하다가 잠드는 습관이 생겨버렸다.
꼭 누가 먼저 걸지 않아도
서로 잠들기 전에는 전화기를 붙잡고 있었다.

너와의 연애가 끝이 나고 난 후에는
그깟 통화가 뭐라고 아프게 만들더라.
그깟 통화버튼이 뭐라고 고민하게 하더라.

그래서 난 아직도 잠자리에 들지 못했다.
네가 없는 내 새벽은 너무 공허하다.

상처는 언제나
            아픈 법

별것도 아닌 일이다.
하지만 상처받는 사람에게 그런 것은 중요하지 않다.

별것도 아닌 일이라고 해서
받는 상처가 아프지 않은 것은 아니다.

오히려 별것도 아닌 일에 상처받는 것이 더 아프겠지.

행복이라는 가면
　　　　불안이라는 얼굴

당신은 내 상처다.
나에게 상처주지 않은 사람은 아무도 없다.

어떤 누군가는 나에게 이별이라는 상처를 안겨주고,
어떤 누군가는 행복이라는 불안감을 안겨준다.

불안하다.
내 행복이 당신인데 그런 행복이 언제까지나 내 곁에 있을 수
없으니까. 일어나지도 않은 일로 상처받는 건 멍청한 짓이겠
지만, 언젠가 일어날 일이라는 것쯤은 모두가 잘 안다. 모르
는 척하고 불안한 얼굴에 행복이라는 가면을 쓰고 살아가는
것뿐.

다만 혹시라도, 정말 혹시라도 곁을 떠나지 않을 먼지만큼의 가능성이라도 믿고 싶을 만큼 곁에 두고 싶은 사람이라 모르는 척해도 될 것 같으니 오늘도 난 가면을 써야겠다.

좋은 사람

좋은 사람 참 많더라.
너 같은 사람은 두 번 다시 못 만날 거 같았는데
헤어지고 보니 너보다 더 좋은 사람 참 많더라.

우리 헤어질 때 네가 했던 말 있잖아.
좋은 사람 만났으면 좋겠다고.

그땐 네가 나에게는 참 좋은 사람이었는데
좋은 사람이었던 네가
좋은 사람을 만나라고 하더라.

네가 좋은 사람이 아니라도 좋았어.
내 옆에서 변하지만 않기를 바랐던 거야.
내가 너에게 너무 큰 걸 원했나 싶기도 해.

전부 결국 이렇게 될 거면
난 좋은 사람 같은 거 필요 없어.

내 손을 놓아버린
        네 손을 놓쳐버린

"아무리 힘들어도 내 손 놓지 마."

분명 나는 그렇게 말했다. "내 손 놓지 마."라고. 험난하고 빠른 세상 속에서 우리가 잡은 이 손을 놓치면 다시는 찾을 수 없을 것 같아서 나는 네게 당부했다. 아무리 힘들어도 내 손을 절대 놓지 말라고.

하지만 너는 내 손을 놓아버렸고, 우리는 그렇게 다시는 찾을 수 없는 곳으로 흩어졌다. 그렇게 시간이 흘러 어쩌다 우연히 내 손을 놓아버린 너를 다시 보게 되었을 때 후회하는 건 너였다. 내 손을 놓아버린 건 너였고 끝까지 잡으려 했던 건 나였으니까. 당신 손을 놓쳐버린 그때 그대로 내 손은 굳어져 있으니 내가 손을 펼치지 않는다면 당신은 내 손을 다시 잡을 수 없을 테니까.

너를 다시 만나게 된 건 우연일 뿐이야.

우리가 운명이었던 건 그때였지,

지금의 우리는 우연일 뿐이야. 착각하지 마.

늦은 밤

우울함이 시작되는 시간,
지금 잠들 수 있다면
생각나지 않을 사람인데.

오늘도 내 새벽에는 당신이 있다.

아무 이유 없이
심란한 시간

아무 이유도 없다.
그냥 아무런 이유가 없이
심란함과 함께 우울함이 찾아오는 시간이 있다.

차라리 이유라도 있다면
단념하고 우울함에 빠져
이 긴 밤을 보낼 수 있을 것 같은데
아무런 이유조차 없는 감정들이 찾아올 때가 있다.

무언가를 꼭 해내야만 할 것 같은 불안감이
나를 짓누르기 시작하고 알 수 없는 초조함이
찾아오는 시기가 있다.

지금 내가 그렇다. 지금 당신이 그렇고.
앞으로의 내가, 당신이 그럴 것이다.

난 언제까지 이 기나긴 밤을 혼자 보내고 있을까.

2장

내 위로가
당신의 아픔을
대신하길 바라며

무작정 들어주기

어느 날 문득 궁금했다.
'위로'란 무엇일까. 어떤 방법으로 해야 하는 걸까.

방법은 많다. 아니, 없다고 하는 편이 더 맞는지도 모르겠다.
위로의 말을 전하거나, 무작정 상대방의 이야기를 들어준다
거나, 상대방이 좋아하는 곳에 간다거나, 맛있는 음식을 함
께 먹는 일 또한 위로가 될 수 있다. 어차피 위로는 당장의 슬
픔을 나누기만 할 뿐, 위로를 받았다 해서 금방 괜찮아지지는
않는다. 반은 위로로 채우고 반은 스스로 채워나가야 한다.
위로란 그런 것이다.

가끔은 달콤한 거짓말도 좋다. "너보다 더 힘든 사람도 있잖
아. 그 사람들을 생각해봐, 괜찮아."라는 말보다 차라리 아무
말 없이 들어주며 괜찮다며 토닥여주는 것. 그런 달콤한 거짓

말 말이다.

괜찮지 않아 보이지만 그래도 괜찮다며 토닥여주는 것.
잠시나마 이기적이지만 모든 것을 상대에게 맞춰주는 것.

가진 것에 대한 소중함

바깥 공기를 쐬면 코끝이 시리기 시작할 때쯤이었다. 11월의
어느 늦은 새벽, 우울함이 나를 찾아왔다. 누구든 새벽이라는
시간에 우울함이 찾아오는 것은 막을 수 없다. 나도 같은 사
람인지라 그날의 새벽은 나에게 우울함을 선물하였고, 난 그
선물에 답이라도 하는 듯 흠뻑 우울함에 빠져 있었다. 그러다
갑자기 술에 취하고 싶다는 생각에 곧장 동네 편의점으로 나
갔다. 술 몇 병을 사서 집 앞 놀이터의 작은 정자로 향했다. 그
때 어디선가 길고양이 한 마리가 무언가를 기대하는 눈으로
나에게 다가왔다. 배가 고팠던 것이다. 고양이에게 내가 당
장 해줄 수 있는 것이 없어 미안한 마음을 뒤로 한 채 병뚜껑
을 여는데, 그 소리에 놀란 고양이가 내 품에 안기는 것이 아
닌가. 얼마나 허기가 졌으면 그렇게 경계심도 잊고 처음 보는
낯선 사람의 품으로 뛰어들었을까.

그때 내 머릿속에 무엇인가 스쳐 지나갔다.

'누군가에게는 허기를 채우는 것만으로도 벅찬 세상이다.'

내가 하는 고민이 보잘것없이 작은 건 아니다.
부자들에게는 돈을 어떻게 써야 할까 하는 말도 안 되는 게
고민일 수 있다. 돈이 없다고 고민이 많은 것도 아니고, 돈이
많다고 고민이 없는 것도 아니다. 성공한 삶을 사는 사람들에
게는 어떻게 늘 지금의 위치를 지킬 수 있겠냐는 고민이 생겨
나곤 한다. 성공한 삶이라는 것도 웃긴 이야기겠지만. 뭐, 자
기가 만족한 삶이라면 성공한 인생이라고 하고 싶다.

그런 사람들에게도 고민은 있다.

하지만 고민은 고민일 뿐, 절대 당신이 가지고 있는 것을 하찮게 여기지 마라. 당신이 가진 것을 소중하게 여기지 않을 때 고민은 더욱더 커져만 간다.

관계

사람 만나는 것을 두려워하지 마요.
내가 먼저 다가서려 하지 않으면
딱, 거기까지인 관계가 되어버려요.

우리가 살아가는 이 세상은
사람과 사람이 만들어가는 거예요.

좋지 않은 사람도 있지만
좋은 사람도 분명 있다는 것을 잊지 마요.

도망쳐요, 당장

가끔은 "내 선택이 옳은 걸까?"라는 의구심이 들 때가 있을
거예요. 자신을 믿지 못한다기보다는 두렵기 때문일 거예요.
지나보면 아무것도 아닌 일이겠지만, 두 번 다시 돌아오지 않
을 거라는 것을 알기에 우리는 그렇게 항상 신중해야 합니다.

선택했을 때 그 선택이 옳은지 그른지 단정 지어 이야기할 수
있는 것은 아닙니다. 내 선택이 '도망'이라고 해도 결과가 나
쁘지 않았다면 그건 도망이 아니라 '나쁘지 않은 선택'이 되
는 거예요. 가끔은 도망쳐도 됩니다. 그게 당신이 바라는 선
택이라면 말이죠. 어떤 누구도 당신에게 "도망쳐도 돼."라고
하지 않습니다. "버텨내라", "조금만 더 참아보자."라는 이야
기를 하겠죠. 저는 다른 이야기를 해주고 싶어요.

"도망쳐요, 당장."

결과가 어떻든 도망치고 싶다면 도망치세요. 물론 그동안 쌓아둔 것들이 한 번에 무너져버리기 시작할 겁니다. 모든 것이 무너지기 전에 다시 돌아와 다시 쌓거나, 완전히 무너트려서 흔적까지 없애세요. 분명 후회할 겁니다. 그래도 마음이 가는 쪽으로 선택하는 게 옳은 거겠죠. 그렇다고 해서 도망이 정답은 절대 아닙니다. 한 번뿐인 인생이니 실패도 겪어보고, 도망도 쳐보고 다 해보는 거니까 두려워하지 말아요.
그리고 정말 당신이 원하는 게 있다면 당장 도전하세요. 부수적인 조건은 당신이 열심히만 한다면 따라옵니다. 환경을 탓하지 마세요.

다만, 이번 도전에서의 도망은 없어야 합니다. 계속 도망가기만 하다 보면 언젠가 다시는 올라오지 못할 곳으로 떨어지게 되니까요.

도망치는 것을 두려워하지 말되
도망치는 것을 습관처럼 하지는 마요.

내 몫

항상 당신 곁에 있을 테니
당신이 아프지 않았으면 좋겠다.

혹여나 당신에게 아픔이 찾아온다면
그 아픔 모두 내 몫이 되기를.
아프지 마라. 예쁜 사람아.

함께했던 모든 것을 홀로

너와 함께했던 그곳에서의 추억을 곱씹기 위해서가 아니라, 그냥 문득 그곳에 다시 한 번 가보고 싶었다. 그때는 보이지 않았던 것들이 눈에 보였다. 너와 함께였을 땐 너만 쳐다보느라 내가 이렇게 아름다운 곳에 왔다는 것조차 알지 못했다. 함께 적었던 메모는 아직 그 자리에 그대로 있고, 같이 마셨던 커피와 같이 했던 모든 것들은 그대로인데 달라진 것은 우리밖에 없는 것 같다.

달라진 것이 우리밖에 없을 땐 너와 내가 다시 사랑할 수 있을 거라 믿었지만, 시간이 꽤 흐른 뒤 달라진 것이 우리만이 아닐 때에는 그게 아니더라. 시간이 지나고 너와의 이별에 무뎌질 때쯤, 더는 네가 내 인생에 없다고 한들 무슨 상관인가. 다른 사람이 내 옆에 있지 않아도 더는 너를 그리워하지 않게 되더라. 사랑했던 만큼 더 아프게 헤어졌고 더 아팠던 만큼 더 빨리 무너지더라.

결론은 우리는 헤어진 사이라는 것이다. 그동안은 너를 그리
워했던 것이고, 지금은 너를 추억하는 것이다. 우리가 계절이
라면 너는 여름이었다. 너는 매섭게 내리쬐는 뜨거운 태양이
었고, 나는 그 햇살을 받고 뜨겁게 달궈졌던 백사장의 모래알
에 불과했던 것 같다. 해가 져도 온기는 남아 있지만, 계절이
바뀌니 뜨겁던 마음도 식어버린 것이겠지. 또다시 나의 여름
이 찾아온다면 태양과 모래알이 아닌 태양과 햇살이 되자. 항
상 함께 바뀌어 갈 테니.

사랑이라는 이유

사랑이라는 이유만으로 모든 것을 이해할 수는 없다. 오히려 사랑이라는 이유만으로 서로에게 이해시키려 하지 않는 관계가 되어야 옳다고 본다. 이해해야 할 일조차 없어야 한다는 이야기이다. 하지만 관계에서 서로에 대한 이해는 무조건 필요하다. 그 이해의 이유가 사랑이 되진 않을 뿐이다. 사랑해서 모든 것이 이해되고 용서된다면 그 관계는 금방 끊어질 것이다. 모든 것을 이해해주어야 하는 관계라면 이해하지 않으면 한 순간 끊어질 테니까.

그러니 이해가 필요하거든 사랑이라는 이유가 아니었으면 좋겠다. 영원토록 사랑할 수는 없는 법이니까 언젠가 상대방에 대한 사랑은 식어가게 마련이다. 그렇게 되면 사랑은 점점 빛을 잃어가게 될 것이다. 그럴 때 '우리'라는 이유로 다시 빛을 내길 바란다. 사랑이라는 이유로 함께하는 것이 아닌 우리라는 이유만으로도 함께할 수 있게.

사랑해서 우리가 되었지만
사랑이라는 게 참 못돼서
언제 식을지 모르니까.
사랑이라는 이유가 아닌
'우리'라는 이유로 함께하기를.

사람 계절

너에게 나는 어떤 계절로 남아 있을까.
항상 봄이었던 것 같지만, 여름도 가을도 겨울도 존재했다.
어찌 되었든 봄은 또다시 돌아온다. 너와 나의 봄이 짧았다고
해서 앞으로 찾아올 봄이 짧거나 두 번 다시 찾아오지 않는
것은 아니다. 어떤 계절이었든 당신은 나에게 지나간 계절일
뿐이다.

그래도 지나간 계절이 당신이라서 다행이다.

장미꽃에는
가시가 있다

요즘은 말을 예쁘게 하는 사람에게 호감을 느낀다고 해요. 예쁘게 한다는 기준이 뭔지는 잘 모르겠지만 저는 그냥 따뜻하게 말해주는 게 아닐까 생각해요. 얼굴 한 번 본 적 없는 상대방에게도 따뜻함을 전할 수 있게 말이에요. '말 한마디로 천 냥 빚을 갚는다'라는 속담이 있어요. 그만큼 말이라는 게 중요하다는 거죠. 마음을 표현하는 가장 쉬운 방법은 말입니다. 말을 따뜻하게 하는 사람이라면 마음도 따뜻하다고 생각하겠지만, 사람은 겪어보지 않으면 모르는 거예요. 겉보기에는 정말 예쁜 장미꽃에 가시가 있는 것처럼 아무리 좋은 말을 해주는 사람이라도 속은 모른다는 거예요. 장미꽃에 가시가 있는 걸 모르는 사람이 없는 것처럼 예쁜 말을 하는 사람 마음에도 가시가 있을 수 있다는 것쯤은 생각해주세요. 그러면 가시에 찔릴 일 없게 조심할 테니까. 당신이 아프지 않을 방법이니까.

피어나다

예쁘지 않을 수가 없다.
너는 너대로 예쁜 꽃이다.
너를 꽃처럼 예뻐해줄 터이니
너는 예쁜 꽃을 피워라.

질문

네게 괜찮냐고 물었다.
너는 내게 괜찮다고 말했다.

내가 너에게 괜찮냐는 질문을 한 건
괜찮다는 소리가 듣고 싶어서가 아니다.

내가 괜찮냐는 질문을 할 만큼
넌 정말 괜찮아 보이지 않았다.

시간은 흘러가고,
빈자리는 채워가는 것

바람이 참 좋았던 날이다. 좋은 사람과 함께여서일까. 그날은 유독 오랫동안 그 자리에 머물고 싶었다. 시원한 바닷바람과 파도 소리를 안주 삼아 궁상맞게 아무도 없는 백사장에 앉아서 간단하게 술을 마시며 서로의 기억을 공유하고 있었다. 취기를 빌려 속에 있는 이야기를 털어놓는다는 것은 마음에 안정을 주었다. 우리는 그렇게 각자의 불행했던 기억을 공유하며 서로의 아픔과 상처를 감싸주고 있었다.

얼마나 시간이 지났을까. 어느 한 사람의 이야기를 나에게 들려주던 여자는 "나는 그 사람이 아니면 안 될 것 같았는데, 그 사람은 그게 아니었어."라는 말과 함께 울음을 터트리고야 말았다. 아무 말 없이 주머니 속에 있던 이어폰을 휴대전화에 연결하고 노래 한 곡을 들려줬다. 여자가 느꼈던 감정은 내가 얼마 전까지 느꼈던 감정과 똑같았다. 그런 생각이 들 때마다 항상 듣던 노래가 있었다. 난 그 노래를 들려줘야 했고, 노래가 시작된 지 얼마 안 돼서 여자는 오열하기 시작했다. 짧지만 어느 때보다 길게 느껴지던 3분이 지났고, 나는 그 사람에게 짧은 말을 전해주었다.

아프지 않은 사람은 있을 수 있어도 상처가 없는 사람은 없다. 누구나 한 번쯤 사람과 사랑에 상처받는다. 하지만 시간은 흘러가고 빈자리는 채워지는 것이다.

당신, 오늘도 한 사람 몫은 했습니다

삶을 살아가기란 정말 벅찬 일입니다. 당장 오늘이 어떻게 지나갈지도 모르면서 내일을 생각해야 하고 계속해서 미래만을 생각하며 살아가야 합니다. 지나간 일은 지나간 일로 남을 뿐, 과거는 결국 그저 그런 하루로 기억됩니다. 그래도 나의 과거가 어떤 사람에게는 희망이 될 수도 있습니다. 맛있는 요리를 잘하는 것, 게임을 잘하는 것, 춤을 잘 추고 노래를 잘부르는 것, 누구에게든 분명히 잘하는 무언가가 있을 겁니다. '잘하는 것'이 없다고 생각하는 사람은 '잘하는 것'의 기준을 '잘하는 사람'에게 맞추려 하기 때문이겠죠.

모든 기준은 당신에게 있습니다. 당신이 만족하는 것이라면 무엇이 되었든 '잘하는 것'이 되는 겁니다. 그런 의미의 잘하는 것이 많은 당신도 처음부터 잘하지는 못했겠죠.

누군가는 당신이 서툴렀던 때부터 '잘하는 것'이 될 때까지의 과정을 부러워하고, 손뼉을 치고, 따라 하기 시작합니다. 그럼 된 거예요.

그런 당신을 보고 배우는 사람이 당신이 해준 말 한마디에 용기를 얻거나 희망을 얻는다면 당신은 오늘도 한 사람의 몫은 해낸 겁니다.

살아가기 벅찬 세상 속에 당신이라는 존재가 이렇게나 중요합니다. 그래서 한 사람 한 사람 중요하지 않은 사람은 없습니다. 당신에게 용기를 그리고 희망을 불어넣어준 사람도 누군가에게 용기를 얻고 희망을 얻습니다. 그리고 어떤 날은 희망을 줬던 사람에게서 희망을 얻기도 합니다. 그러니 우리 모두 오늘 한 사람의 몫은 한 겁니다.

그럼 된 거예요. 두 사람의 몫을 할 필요도 없고. 서로 한 사람의 몫은 하며 살아요. 서로에게 힘이 되고 서로에게 의지하며 말이에요.

함께

같이

어차피 당신은 내 사람이니까
이해해야지. 맞춰 나가야지.

당신도 내가
당신의 사람이라 생각한다면 같이 하자.
이해하고 맞춰 나가는 일.

결국

결에

많이 힘들 거야.
많이 외로운 시간이 될 거고
많이 아픈 하루가 될 거야.

네게 힘이 되어주지는 못해도
너를 믿어주는 한 사람으로 네 옆에 있고 싶어.
아프고 힘들고 외로운 시간이 되겠지.

뻔한 이야기겠지만 시간이 해결해줄 거야.
너를 힘들게 하고 아프게 하는 것 때문에
네 주변 사람들을 이해시킬 필요는 없단다.

결국, 곁에 있을 사람은 언제나 곁에 있을 것이니.

무의미한 하루에
의미 있는 가치 찾기

모든 일이 무의미하게 느껴질 때
삶의 가치에 대해서 생각해보세요.

어떻게 살아가야
내가 만족하는 삶이 될까 생각해봐요.

삶의 가치는 자기만족에서 찾는 겁니다.
가치 있는 일을 하게 된다면
삶이 무의미하게 느껴지진 않을 거예요.

말은 참 쉬운데
그 한마디가 참 크다

말은 참 쉬운데 그 말 한마디가 정말 크게 느껴질 때가 있어요. 어떤 말이라도 감정이 있는 사람에게 듣는 말 한마디는 정말 크게 느껴질 거예요. 예를 들어 사랑하는 사람에게 보고 싶다는 말 한마디를 들으면 정말 행복한 한마디가 될 테고, 싫어하는 사람에게 싫은 소리까지 듣게 된다면 정말 듣기 싫은 말 한마디가 될 거예요.

그러니 우리 모두 한마디씩 합시다. 힘이 필요한 사람에게 힘내라는 말 한마디가 얼마나 큰지 모두 잘 알 거예요. 힘들어보지 않은 사람은 없으니까 힘내라는 말의 크기를 잘 아실 거예요. 그러니 모두 힘낼 수 있게 말 한마디 전해주세요. 혼자가 아니니까 힘내라고, 힘들면 기대어도 좋다고.

말은 많을수록 탈이 나지만
말이 필요한 사람에게는 꼭 해주세요.

그 작은 말이 당신이 필요할 때
큰 말이 되어 돌아오니까요.

익숙함에 속아
　　　소중함을 잊다

편한 사이라고 해서
편이 되는 건 아닙니다.
그러니 편한 만큼
편이 나눠질 일 없게 애초부터 잘하세요.

편한 사람일수록 지킬 것이 많아지는 겁니다.
평생을 보고 싶은 사람이라면 내 몸 다루듯 소중하게 대해주
세요. 나의 일부가 될 사람이니까 부디 익숙함에 속아 소중함
을 잊지 않았으면 좋겠습니다.

부러움은 언제나
시기와 질투를 동반한다

지금 하는 일을 잘해내고 있는 당신이라면 당신을 부러워하는 사람이 하나둘씩 생겨날 것이다.

부러움은 언제나 시기와 질투를 동반한다. 그러니 당신을 시기하고 질투하는 사람이 있다면 가볍게 무시하라. 가볍게 무시할 수 있을 만큼 별것도 아닌 가벼운 사람이다. 하지만 무시해도 멈추지 않는 경우가 있다. 그렇다면 좋은 기회라고 생각했으면 좋겠다.

시기하고 질투하는 사람의 가벼운 말 따위에 당신에게 등을 돌리려고 하는 사람이 있다면 언제든 당신에게 등을 돌릴 준비가 되어 있는 사람이니까. 당신은 당신이 가는 길 그대로 곧게 나아가면 되는 것이다.

사랑의
여행을 떠나다

당신과 나는 여행을 했을 뿐이야.
그곳에서 당신을 만나게 된 거고.
그러다 이제 각자의 목적지로 떠날 때가 됐을 뿐이지.

그래도 우리가 여행을 한 거였다면
난 이곳에 머무르려 해.

그러다 네가 다시 여행을 떠날 때
그때는 네 여행지가 나였으면 좋겠어.

그럼 그곳은 여행지가 아니라
우리가 함께 떠나는 여행의 출발점이 될 테니까.

꽃

최선을 다했으면 됐어요.
어찌 꽃이 피어나는 과정에서
시들어가는 모습을 생각하겠어요.
당신은 더할 나위 없이 아름다운 꽃이에요.

질문

너는 하루에도 몇 번씩 너에게 질문을 내뱉더라. 스스로 물어
본 질문의 답은 스스로 찾아.

지금 네가 하는 일이 잘하는 게 맞는 건가 의심이 들기도 하
고, 다른 사람들은 앞서나가는 것 같은데 왜 나만 뒤처져 있
는 것인가 싶을 때도 있고.
많은 것들을 너에게 스스로 질문하겠지.

그 질문의 정답은 네가 갖고 있는 거야.
스스로 만족하고, 스스로 작아지지만 않는다면
정답이라고 할 수 있지.

그러니 부디 후회 없는 미래를 위해
현재를 사랑하며 살아줘.

각자의 위치

아무리 아름다운 별이라도
어두운 밤이 돼야 빛이 난다.

아무리 아름다운 사람이어도
그 사람과 맞는 곳에 있어야 빛이 난다.

각자의 위치에서
각자가 맡은 일에 최선을 다하는 시간이

그 사람에게 가장 아름다울 때가 아닐까.
그 사람에게서 빛이 날 때가 아닐까.

내려두기

분명 놓치기 싫은 것은 있습니다. 욕심을 부려서라도 지키고 싶은 것이 있습니다. 하지만 당신이 지키려고 노력해야지만 지켜지는 것이라면 어느 순간에라도 무너지게 됩니다.

내려둬요.

쉽지 않을 거라는 거 압니다. 하지만 당신이 욕심으로 잡고 있는 것 때문에 새로운 기회가 찾아와도 그 기회를 잡을 수가 없습니다. 당신 손은 이미 당신의 욕심으로 가득하기 때문이죠. 억지로 잡고 있다는 것을 몸소 느끼게 되었을 때의 실망감은 말로 할 수가 없습니다.

괜찮습니다. 포기하는 것이 아니라 더 좋은 길을 선택하는 것이니까요.

아무 이유 없이

그냥 지금처럼 사랑할게.
아무 이유 없이 사랑할 테니
우리가 아무 이유 없이 이별할 일도 없게.
이별이 우리에게 찾아오지 않게
아무 이유 없이 늘 사랑할게.

너는 너다울 때가
가장 아름다우니까

힘들면 억지로 괜찮아 보이려 하지 마라.
너의 밝은 모습 뒤에 보이는 어두운 그림자에 내 마음마저 아
파지니까. 네가 힘들어하는 걸 누구보다 잘 아는 나니까. 나
도 그랬으니 누구보다 너를 잘 이해할 수 있을 거 같으니까.
괜찮은 척하는 게 얼마나 힘든지 잘 아니까. 우리 같이 가장
너다운 모습을 찾을 수 있게 노력하자. 너는 너다울 때가 가
장 아름다우니까.

평소

평소와 다를 것 없는 만남에
다를 것 없던 패턴이었지만
평소와 다른 것 하나 없는 사람이라
오늘도 예뻤다.

당신이 여행이라면 좋을 텐데.

당신 생각에 늘 설렐 수 있으니.

흔한 말

누구에게나 할 수 있는 말이 있다. 흔한 말이 될 수도 있지만,
누구에게는 꼭 필요한 한마디가 될 수도 있다. 말이라는 것이
그렇다. 듣는 사람의 상황과 감정에 따라 한마디 말에도 많은
의미가 담길 수 있다.
서툰 표현이라도 좋다. 멋있게 나열한 응원의 문장도 좋지만,
진심이 담긴 '힘내.'라는 한마디가 더 와 닿을 수도 있다.

흔하지만 흔하지 않게 말할 수 있는 것.
언제 들어도 좋은 말이 될 수 있는 것.

누구나 할 수 있지만
누구에게나 할 수 없는 말.

지금처럼만
　　　　행복해줘요

요즘은 어때요.
아직도 숱한 고민에 새벽을 보내고 있겠죠.
아마 당신이라면 그럴 거 같네요.
너무 걱정이 많은 당신이라
행복한 일상이 낯선 그대라서 더 그렇겠죠.

괜찮아요. 항상 말했잖아요.
지금보다 더 행복해질 거라고,
당신이 걱정하는 일 따위 일어나지 않을 거라고.

얼마나 예쁜 새벽이에요.
밤하늘에 수놓인 달과 별이
당신을 위한 무대를 만들어준 거예요.

이 새벽은 당신을 위한 거예요.

그러니 숱한 고민에 빠져 불행을 상상하지 마요.

지금처럼 행복만 가득해줘요.

순간의 감정이
    영원하기를

순간의 감정을 기억할 수 있다면
그날 우리의 감정이 영원했으면 좋겠어.
그날의 설렘만으로도 영원할 것 같으니
잠시라도 기억이 가물가물해질 일 없게
매 순간을 처음처럼 설레며 사랑하자.

습관

우리 습관처럼 사랑해요.
난 당신을 습관처럼 찾을 테니
당신은 습관처럼 나를 찾아와줘요.

참 무서운 게 습관이니까
무섭지 않게 항상 같이 있어줘요.

우리 오늘
바다에 갈래요?

사람은 심정에 변화가 생기면 표정부터 달라진다. 목소리도 한 톤 낮아지고, 평소와는 사뭇 다른 느낌이 그 사람의 주변을 감싸게 된다.

사람과 사랑에 상처받은 당신이 오늘 그랬다.

그런 당신에게 해주고 싶은 이야기가 있다.
사람은 누구나 사람과 사랑에 상처받는다. 상처 없이는 지금의 내가 없었을 것이다. 아픈 만큼 성숙해진 것이고, 성숙해진 만큼 아팠다는 것이겠지. 좋은 말로는 성숙해졌다고 표현하겠지만, 사실은 무뎌진 것이겠지. 무뎌지는 것이 가장 무서운 것이다. 별것도 아닌 일이라고 해도 상처받지 않을 수 없는 것처럼, 상처받는 일에 크기는 중요하지 않다. 오히려 별것도 아닌 일에 상처받는 것이 더 아프다.

사람은 누구나 다르다. 다만 상처받는 것은 누구나 같다. 어쨌든 지금 당신이 아프면 그 사람도 언젠가는 아플 것이다. 당신이 사랑하는 사람을 미워하는 일 따윈 할 수 없을 테니까 당신은 이 아픔을 버텨내야만 한다.

오늘 당신에게 필요한 것은 멋지게 늘어놓은 문장들이 아니라, 파도 소리밖에 들리지 않는 바다에서 조용한 노래를 들으며 같이 길을 걸어줄 사람이다.
그런 당신에게 나는 말했다.

"우리 오늘 바다에 갈래요?"

늘 감사합니다

전시회 준비로 정신이 없었던 어느 날, 집으로 한 통의 우편물이 도착했다. 출판사에서 보내준 연극 초대권이었다. 〈옥탑방 고양이〉라는 연극이었다. 연극을 관람해본 적도 없고 연극에 관심조차 없었지만, 초대권 사용 기간 마지막 날, 전시회 준비를 위해 서울에 가야 했고 또 마침 대학로에서 미팅이 있었다. 그래서 겸사겸사 미팅이 끝난 후 친구와 함께 연극을 보러 가기로 했다. 그렇게 처음 연극을 관람했다.

연극이 시작되었고 생각보다 많은 관중과 어색함이란 전혀 찾아볼 수 없는 배우들의 연기에 깜짝 놀랐다. 연기를 내 눈앞에서 직접 보게 되면 어색할 것이라 생각했던 내 예상은 완전히 빗나갔다. 그들의 연기에 웃기도, 울기도 하다 보니 연극이 막을 내렸다. 그리고 배우가 앞으로 나와 짧은 한마디를 하고 무대에서 내려갔다.

"여러분이 있기에 오늘도 제가 배우가 될 수 있었습니다. 감사합니다."이 말을 듣는 순간 한 가지 생각이 나의 머리를 스쳐 지나갔다.

'내 글을 읽어주는 사람들'

나는 공감하고, 또 공감하고 공감했다. 나는 글을 쓰는 사람이다. 내 글을 봐주는 사람이 있기에 내가 글을 쓸 수가 있다. 물론, 글은 누구나 쓸 수 있지만 오늘도, 내일도 항상 글을 쓸 수 있다는 것은 내 글을 봐주는 사람들이 있기 때문이다. 요리하는 사람은 요리한 음식을 먹어주는 사람이 있어야 하고, 노래를 부르는 사람은 노래를 들어주는 사람이 있어야 하듯, 사람은 서로에게 서로가 필요하다.

사람과 사람 사이에는 감사한 마음이 있어야 한다.

감사한 마음을 잊지 마라.

그것이 당신을 존재할 수 있게 해주는 것이다.

마음이 가는 방향

한참을 고민하고 한참을 망설였다.
결국 정답은 없었고
마음이 가는 대로 하는 게 옳은 선택이겠지.

어떤 선택을 해도 후회할 것 같다면
차라리 마음 가는 쪽을 택하는 게 잘한 것이겠지.

내 사람이 아닌
　　　　내 사랑으로 남아줘요

연애를 못하는 게 아니에요.

누구보다 더 예쁘게 사랑할 수 있고, 계산 같은 것 없이 사랑
할 수 있어요. 사랑하는 건 쉬워요. 내 사람으로 만드는 것이
어려운 것이지. 지난 사랑에 대한 트라우마라고 생각해도 될
것 같아요. 외로워요. 하지만, 지금은 아니에요. 누군가를 사
랑하는 건 쉽지만 누군가가 내 사람이 된다는 건, 가슴 벅차
면서 무섭기도 한 일이에요. 몇몇 사람들은 그것보다 더 좋아
하는 사람이 생기면 안 그럴 거라고 하는데, 말도 안 된다고
생각해요. 좋아하는 사람인데, 내가 사랑하는 사람인데, 사랑
의 크기를 어떻게 비교할 수 있겠어요. 너무 이기적인 생각이
지만, 당신을 사랑하지만 만나고 싶진 않아요. 내 사랑이 무
사했으면 좋겠어요. 그냥 사랑으로만 바라볼 수 있게.

내 사람이 아닌 내 사랑으로 남아줘요.

메모리 카드 없음

잘 들고 다니지 않던 카메라를 들고 집을 나섰다.

오늘은 예쁜 것들을 눈에만 담아내지 않고 사진으로 기록하고 싶었다. 놓치고 싶지 않은 것이 내 시야에 들어왔다. 그런데 카메라를 꺼내 전원 버튼을 누르는 순간 메모리 카드가 없다는 사실을 알았다. 눈에만 담아두기 아쉬웠던 것이라 카메라로 찍고 싶었는데 실망감이 컸다. 하지만 실망감도 잠시. 이곳에서의 추억이 그리워질 때 또다시 내 옆에 있는 사람과 이곳을 찾으면 되는 것을, 이곳이 아니어도 내 사람과 함께하는 곳이라면 어디든 놓치고 싶지 않은 곳인 것을.

사진을 찍을 수 없어도 추억은 어느 곳에서든 생겨난다.

달

오늘 밤 달이 예쁘다는 걸 너도 알까.
한 사람을 그리워한다는 건 어찌 보면 축복이다.
이렇게도 예쁜 달이 뜰 때면 항상 그 사람 생각에
행복했던 추억을 평생 잊지 않겠지.

낮은 성공

내 인생의 성공은
높은 위치가 아니었으면 좋겠다.

높아질수록 보이는 것은 많지만
놓치게 되는 것도 많아지니까.
소중한 것들을 놓치게 되니까.

스쳐 가는 것들

하루에도 수많은 이야기와 사람들이 내 곁을 스쳐 지나간다.

'스쳐 지나간다.'
말 그대로 스쳐 지나간 것이다.
스쳐 지나간 것을 아쉬워하지 마라. 다시 생각하지 마라. 그러려고 하는 순간 당신의 모든 것이 엉망이 되어버릴 것이다.

당신에게 정말 필요한 것이라면 스쳐 지나간 이후에도 잊히지 않았을 것이다. 사람이든, 그날의 감정이든, 무엇이든.

쉽게 설명해서 나는 글을 쓰는 것을 좋아한다. 하지만 영감을 얻는다고 해서 바로 글로 옮겨 적지 않는다. 잠시 스쳐 지나가는 감정일 수도 있기 때문이다. 내 감정이 아닌 순간의 감정 말이다.

시간이 지난 후에 기억하려 하지 않아도 기억되는 것.
스쳐 지나가는 것이 아닌
스며들어 나의 것이 되는 것.

안온함

피곤함에 찌들고 일상에 지친 내 사람에게.

항상 당신의 밤은 안온하기를 바란다.
내일을 준비해야 하는 시간이기도 하지만
당신이 유일하게 자유로울 수 있는 시간이니까.
내가 감히 그런 당신만의 시간에 안온함을 선물하려 한다.
내가 감히 그런 당신만의 시간에 함께하려 한다.

함께하는 것만으로도 행복할 수 있다.
짧은 전화 통화라도 좋다.

어떻게든 함께하려 한다.
어떻게든 당신의 밤에 미소를 선물하고 싶다.

그러니 부디 당신의 밤은 나로 가득하길 바란다.

당신의 안온함은 나의 안온함이니까.

함께하는 것만으로도
　　　　힘이 되는 존재

당신 곁에 머무르려 해요.
잘 지내는지 들여다보지도 않을 거고
힘내라는 말로 당신을 위로하지도 않을 거예요.

그냥 곁에 머무르는 것만으로도
힘이 되는 존재가 되고 싶어요.

내 편, 네 편

항상 잘 이겨내는 너니까 이번에도 크게 걱정은 안 할게. 알 사람은 알 거야. 네가 어떤 사람인지, 네가 얼마나 노력했는지. 혼자서 아파했던 그 시간이 헛되지 않았음을. 언젠가 너에게 이런 시련을 준 사람들에게 성공하는 모습으로 갚아주길 바라. 난 항상 네 편에 서 있을 테니 넌 항상 내 편에 서서 아파하고 성장해줘.

당신이 선택한 길은
　　　　　당신만 걸을 수 있다

누구에게 등 떠밀려 선택한 것이 아니라 당신 스스로 선택한 당신만의 길이다. 당신의 인생을 살아본 사람은 없으니까 누구도 걸어보지 못한 길일 것이다. 이미 출발을 알리는 총성은 울려 퍼졌으니 도착을 하는 일밖에 남지 않았다. 포기만 하지 않는다면 이 경기에서 1등은 당신이 될 것이다.

개인의 삶에는 그 누구도 관여할 수 없으니 당신이 가는 길 또한 누구도 관여할 수 없다. 그러니 넘어져도 일어서라. 한참을 달리다 힘들어 지칠 때면 무작정 걸어라. 걷다가 또 뛰어라. 또 넘어지고 일어서라. 언젠가 도착할 것이다. 당신의 선택이니까, 당신이 정한 도착점은 반드시 있을 것이니까.

그러다 도착하지 못하면 어떠한가.
최선을 다했다면 후회는 하지 않을 것이다.

매 순간 최선을 다했으면 좋겠다.
넘어지는 것에도 달리는 것에도, 모든 것에 최선을 다했으면
좋겠다.
낙법을 기초로 하는 운동 종목에서는 넘어지는 방법을 가장
먼저 배운다. 넘어지는 방법을 알아야 다치지 않으니까.

그러니 넘어지는 것에도 최선을 다하라.
당신이 다치지 않게.
당신의 다음 길이 안온할 수 있게.
매 순간 당신의 선택이 빛날 수 있게.

나의 다음 사랑

힘들어하는 게 당연하지.
어쨌든 내 사람이었는데.
그 사람이 이젠 내 곁에 없다는데.
생각만 해도 너무 아픈 이야기인데.

얼마나 더 힘들어야 네가 잊힐까 가늠조차 할 수 없지만
그래도 최선을 다해 잊어볼게.
그래야 나의 다음 사랑이 아프지 않을 테니까.

당신이라는 바다

당신이라는 바닷속에 잠겨야겠다.
파도에 몸을 맡겨 당신을 스쳐 보낸다고 해도
벽에 부딪혀 파도가 부서진다고 해도 괜찮다.
당신이라는 바닷속에 잠겨 돌고 돌아야겠다.

어떤 누구의 소리도 듣지 않고
어떤 누구의 방해도 받지 않게.

오늘도 내 곁에서
　　　아픔을 잊어줘요

오늘은 당신이 아프지 않았으면 해.
그러니까 내 말은 오늘도 내 곁에 있어달라는 거야.

내가 당신에게 힘이 되는 사람이 되고 싶으니까.
당신의 모든 것을 사랑할 테니까.
내가 당신의 아픔이 되는 일 따위 없을 테니까.
당신 곁에 있을 때는 항상 힘이 되어줄 테니까.

혹시 당신 곁을 떠나게 되더라도 아프게 하지 않을게.
기적같이 말도 안 되는 소리지만 아프지 않게 해볼게.
기적처럼 만나게 된 우리니까
기적이 한 번 더 일어나게 해달라고 빌어볼게.

그러니 끝을 생각하지 말고
오늘도 내 곁에 있어줘.

당신, 여전하네요

보고 싶은 마음을
말로 설명할 수 있다면
난 여전하다고 표현할래요.
보고 있어도 여전히 보고 싶고
언제 봐도 여전히 예쁜 당신이라서.

꿈을 꾸는 시간

나는 새벽에 통화하는 것을 좋아한다. 영양가가 넘치고 유익
한 대화 내용이 아니라도 오랜 시간 동안 전화기를 붙잡고 시
간을 보내는 것을 좋아한다.

감히 아무도 방해할 수 없는 당신의 새벽 시간을 함께하는 것
이다.
꿈같은 시간이라 말하고 싶다. 꿈을 꿔야 하는 시간에 당신이
라는 꿈과 함께하고 있으니.

꿈이 현실이 되어버리는 시간이니까.

나중 일,
　　　　나중에

행복을 이야기하는데
왜 일어나지도 않은 일로 상처받나요.
아프지 않고 싶다면서
왜 아플 생각부터 하나요.
나중 일을 생각하면서
나중에 생각하는 건 왜 못하는 거예요.

내 선택이 정답입니다

진로라는 것은 정해진 게 아니에요.

언제든 바뀔 수 있는 거고 언제든 어긋날 수 있는 거예요. 당장 내일이 막막해서 포기하지 못하고 있다면, 당장 내일은 마음이 편하겠지만 머지않은 미래에는 가슴속에 있는 선택을 하지 못한 걸 후회하게 될 거예요.

아직 진로를 바꿀 기회가 있는 시기예요. 늦지도 않았고 빠르지도 않아요. 그러니 섣부르게 판단하지 말아요. 잠시 지나가는 폭풍에 잠깐 흔들려서 스쳐 간 생각일 수 있으니까 고민해봐요. '내가 뭘 할 수 있을까.'가 아니라, '내가 지금 이것을 포기하면 후회를 덜 할 수 있을까. 정말 난 이것에 최선을 다했을까.'를 자신에게 물어보세요.

후회하지 않을 수는 없어요. 하지만 후회하더라도 최선을 다했다면 여운이 남아 있겠죠. 좋은 선택을 할 거라 믿어요.

필요

나를 필요할 때만 찾지 마요.
당신이 그럴수록 난 더 망가져만 가니까,
당신이 필요로 하는 것들을 모두 버려야만 하니까.
그래도 나를 조금이라도 생각한다면 그러지 마요.

핑계

온갖 핑계를 대주세요.
내게 연락하지 못하고
내게 소홀했던 그 어떤 핑계라도 좋아요.
말도 안 되는 이유라도
당신이 찾아온다면 편안할 수 있으니
나 오늘은 편안하게 잠들고 싶어요.
그러니 어떤 이유를 만들어서라도 찾아와줘요.

당신은 봄
그리고 바람

네게 하는 첫 번째 고백

우리 오늘은 술 말고 밥 먹자. 그게 더 좋아. 술기운에 네게 무슨 말을 할지도 모르는 거고, 너에게 하는 말은 전부 진심이어야 하니까 네게 전하고 싶은 말이 있으면 술기운을 빌리지 않고 용기 내서 진심을 담아 이야기하고 싶어. 그러니 밥 먹고 커피도 마시고 영화도 보고 집 앞까지 데려다주면서 분위기에 취해서 이야기하자.

그땐 네게 못했던 이야기들을 많이 하고 싶어. 오랜만에 너와 주고받았던 문자 메시지를 보는데, 예전에 내가 이렇게 물어봤었잖아.

"우리가 이대로만 지낼 수 있다면 얼마나 좋을까. 그건 내 욕심일까. 있지, 난 지금의 우리처럼 아무 주제 없는 이야기를 해도 시간 가는 줄 모르고 웃으며 보내는 시간이 끝나지 않았으면 좋겠어. 각별한 사이가 되기보다는 서로에게 스며들어 있는 그런 거 말이야. 예전의 너라면 아마 그랬을 텐데, 지금의 너에게 묻고 싶어. 지금의 넌 어때?"

그때 네 대답이,
"지금의 나는 예전의 나와 별다를 게 없어. 사치가 아니라면 부려도 돼, 네 욕심. 아무 주제 없이도 시간 가는 줄 모르며 웃고 있는 우리는 이미 서로에게 스며들어 있는 게 아닐까?"
였어. 그렇게 말해줘서 나 너무 행복했어.
지금도 너와 아무 주제 없이 시간 가는 줄 모르고 웃고 떠들고 있으니 우리는 그때보다 지금 더 많이 서로에게 스며들어 있겠지. 그래서 난 오늘도 네 덕에 행복해.

항상 기분 좋은 봄바람이 되어줘.

네 숨결이 그런 바람이 될 것 같으니.
너는 존재만으로도 기분이 좋아지는 사람이니까.

당신은 봄
그리고 바람.

마음

마음이 무거우면
마음을 내려놔요.
무거운 마음이니
내려두면 방황하진 않겠죠.

내게 가장 소중한 사람들에게

가족에게 미안한 감정이 생기지 않도록 살아야겠다. 내가 성인이 되면서 느낀 것 중 하나인데, 좋은 친구는 언제 봐도 좋고 애인은 언제 봐도 예쁘게 느껴진다. 하지만 가족은 언제봐도 미안한 감정이 앞선다. 어릴 땐 내가 잘됐으면 하는 마음에 하시는 부모님의 잔소리가 그렇게 듣기 싫었는데 이제는 잔소리를 듣고 싶어도 듣지 못한다. 조금씩 돈을 벌기 시작하면서 용돈을 챙겨드리면 뿌듯해하는 부모님을 보며 후회했다. "더 열심히 해서 더 많이 챙겨드릴 걸." 절대 효자가 되고 싶어서 그러는 것이 아니다. 효도는 돈으로 하는 것이 아니라고 생각하기 때문에 아직 난 나를 불효자라고 생각한다. 내가 가족에게 느끼는 미안한 감정이 사라졌을 때 비로소 효도하고 있다 생각할 것이다.

아직 내게는 미안한 감정이 앞선다. 그러니 더 열심히 살아야겠다. 더 열심히 살아서 가족에게 미안한 감정이 생기지 않도록 해야겠다. 내게 가장 소중한 사람들에게 미안해지고 싶지는 않으니까.

세상에서 가장 소중한 사람은 가족이다.
누구도 절대 그 자리를 대신할 수 없다.

서운함을 잘 느끼는 당신에게

네가 서운함을 느끼는 것은
그 누구의 잘못도 아니다.

네가 그만큼 믿었기 때문이다.
상대방을 믿지 않았더라면
상대에 대한 기대감도 없었겠지.
기대했던 만큼 서운함이 커지고
믿었던 만큼 서운함이 커지는 것이 당연하다.

서운하다고 해서 혼자 힘들어하지 마라.
서운한 것을 상대방에게 표현하라.
너의 솔직한 표현을 무시하는 사람이라면
과연 끝까지 당신과 함께할 인연으로 남을 수 있을까.

서운함은 그 누구의 잘못도 아닌
믿음이 컸던 잘못이다.

마음을 쓰는 일

마음을 숨기고 싶을 때가 있을 겁니다.
누군가에게 들키고 싶지 않아서, 민망하다는 이유로 우리는
마음을 숨기려 합니다.

마음을 쓰는 일도
마음이 있어야 하는 거예요.
없는 마음을 억지로 만들 수도 없으니
있는 마음을 억지로 숨기지도 마요.

당신이 마음을 쓰는 일을 자주 했으면 좋겠습니다. 당신이 썼
던 마음이 실패여도 이미 써본 마음이니 미련 없이 새로운 마
음을 들일 수 있을 거예요. 써보지도 못하고 버리기에는 너무
소중한 마음이에요. 소중한 마음이니까, 소중한 사람에게 쓰
는 마음을 두려워하지 말아줘요.

감정 그릇

내 그릇에서 넘친다면
쓸모없는 것이 되어버린다.
그러니 가끔은 감정에 휘말려
가만히 놔두면 넘쳐 흘러버릴
아까운 내 감정을 낭비해야지.
그렇게 누군가를 넘치게 사랑해야지.

"매일 내 이야기 들어주고, 옆에 있어 줘서 고마워."

"나야말로 고마워. 나는 네 이야기를 들어주는 게 아니라, 그
냥 서로의 일상을 공유한다고 생각해. 그러니까 아무 생각 없
이 떠들고 웃기만 해도 이어지는 관계인 거지. 우리가 서로한
테 바라는 것 없이 그냥 서로가 존재한다는 이유만으로 너무
큰 힘이 되는 사이니까 그런 거겠지. 그러니 아파도 좋고 힘
들어도 좋으니 혼자 힘들어하고 아파하진 마라. 항상 곁에 있
는 사람이 있다는 것, 잊지 않았으면 좋겠다."

버티기

힘들지 않은 사람이 어디 있겠어.
다 힘들고 지쳐도 버텨내는 건데
나만 못 버틸 이유는 없잖아.
언젠가 덜 힘든 날이 오겠지.

노력

요즘 많은 사람의 이야기를 듣는 일을 자주 한다. 대부분의 사람들에게는 비슷한 고민이 있다.

미래에 대한 불확실.

물론 누구에게나 그렇다.
미래를 볼 수 있다면 얼마나 좋을까. 아니, 사실 미래를 알 수 있다고 해도 알고 싶지 않다. 미래가 이렇다고 해서 바뀔 나였으면 진작 바뀌고도 남았어야 했다. 미래를 알 수 있다고 해서 성공할 사람이 성공만 하는 것은 또 아닐 거다. 대부분의 사람들은 어차피 자신은 미래에 성공했을 것이라며 자만에 빠져 지낼 것이다. 더 많은 노력을 하려고 하지 않을 것이다. 누구나 그렇다. 최소한의 노력으로 최대한의 보상을 원하는 것.

인간의 욕심이다. 그래서 난 미래를 알고 싶지도 않고, 안다고 해도 흔들리지 않을 것이다. 내가 노력한 만큼 미래는 바뀐다고 생각한다. 노력한 만큼 결과가 있을 거라는 대답은 뻔한 대답이다. 하지만 그만큼 정답에 가까운 대답이다.

성공에는 지름길이 없다.
그러니 노력해라. 노력해도 안 된다면
더 노력하는 방법밖에 없다.

빛이 나는 것

너무 멀지도, 가깝지도 않은 곳.
그곳에서 너를 지켜보려 해.

빛이 나는 것은
딱 그 정도 거리에서 지켜보는 게 제일 예쁘거든.
그러니 난 항상 예쁜 너의 모습을 바라보고 있을게.

그러니 너는 가장 예쁜 모습으로
가장 예쁘게 빛나는 사람이 되어주어라.

행복이 불안한
행복한 연인에게

잘 자라는 네 목소리가 너무나 달콤해 잠을 이루기는커녕 행복에 취해 발을 동동거리며 네 생각에 빠져 있어. 그런데 가끔은 언제까지 이 행복이 지속될 수 있을까 하는 생각이 드는데, 그럴 때마다 내가 불안해하는 것을 넌 금세 눈치 채더라.

그럴 때 네가 이렇게 말해줬었지.

"너무 불안해하지 마. 우리가 언제까지 첫 만남처럼 달콤한 연애를 할 수 있을지는 모르겠지만, 첫 만남의 달콤함이 평생의 편안함이 될 때까지 곁에 있어 줄게. 지금보다 더 행복해지지 못할 수도 있지만, 지금보다 더 오랫동안 함께 있자. 내가 변한 것 같거든 숨기지 말고 말해주라, 나도 사람인지라 내가 변해가는 모습은 내가 잘 모르겠더라. 그러니 내가 너에게 소홀해진 것 같으면 숨기지 말아줘. 오늘도 사랑해."

우산

우산을 폈다.
비는 피할 수 있었지만
하늘을 올려다볼 수 없었다.
작은 것을 피하려다
큰 것을 놓쳐버렸다.

흐린 날, 스쳐 지나가는 것

구름이 많은 날에도 해와 달은 항상 빛이 나고 있다. 우리가 보지 못할 뿐, 잠시 가려져 있는 것이다. 그리고 그것들을 보이지 않게 했던 구름은 스쳐 지나갈 뿐이다. 절대로 머무르지 않는다.

당신의 빛을 훔친 것들은 스쳐 지나가게 되어 있다.

구름이 당신을 가리고 있다고 해서 당신이 빛을 잃는 것은 아니다. 당신이 한결같이 빛을 잃지 않고 빛날 날을 기다려줬으면 좋겠다.

언제나 빛날 당신이니까.
언제든 빛날 당신이니까.

조금 빠른 세상

늦지 않았다고 알려주고 싶다.
조급해하지 마라.
당신이 생각하는 것처럼
차가운 세상은 아닐 것이다.
단지 조금 빠르게 흘러갈 뿐.

실수

분명 낯설지 않은 느낌이다.

어디서였는지, 언제였는지 기억은 나지 않는다. 하지만 난 과 거에 지금과 같은 실수를 저지른 적이 있다. 그때의 난 두 번 다시 이런 실수는 하지 않겠다며 수없이 다짐하고 기억하려 했다.

내 실수는 거기서부터 다시 시작된 것이다. 모든 실수를 기억 한다고 해서 모든 실수를 두 번 다시 저지르지 않을 수는 없다.

실수하지 않는 것이 완벽이 아니다. 그렇다고 해서 같은 실수 를 반복하지 않는 것도 완벽은 아니다. 인간에게 완벽이란 없 다. 그러니 당신의 실수 또한 완벽하지 않다.

신호등

신호등에 초록 불이 들어와도 사고는 일어난다.
오히려 빨간 불이 들어올 때가 더 안전하다.

우리 그렇게 살아가자.
쉬어가야 할 땐 쉬어가고
출발할 땐 같이 가자.

앞만 보고 달려가지 말고
서로를 보고 나아가자.

고백

사랑한다는 말로
표현할 수 없는 사랑이 되길 바랍니다.

무작정 표현하고 싶어도
말로는 설명할 수 없을 만큼 큰 사랑 말이에요.
말하지 않아도 알 수 있는 큰 사랑 말이에요.

그런 사랑을 줄 테니
당신은 제 곁에 있는 내내 행복하세요.

상처

사람과 사랑에게 상처받은 사람이 자주 하는 말이 있다.

"서두르지 않을 걸."

당신이 서둘렀던 것은 상처받는 일이었을 뿐, 당신의 상처는 서둘렀기 때문에 받은 것이 아니다. 서두르지 않았다고 해도 언젠가는 받을 상처였을 것이다. 당연히 앞으로 일어날 미래는 아무도 모르는 것이긴 하지만, 상처 없는 관계는 없다. 누구 하나는 아팠을 것이고 상처를 받았을 것이다. 서둘렀던 사람들이 더 아픈 것은 당연하다. 아픔이 가실 틈조차 없이 한 번에 받는 아픔일 테니.

서두르지 않는 게 좋겠다.
그렇다고 너무 느리지도 않았으면 좋겠다.

그렇게 적당한 관계였으면 좋겠다.

서두르지도 않고, 너무 느리지도 않게
그렇게 적당한 관계였으면 좋겠다.

끝없는 행복

행복한 고민을 해주세요.
불행하지 않을 정도로만.

당신의 행복이 불행이 되지 않을 만큼만
행복의 끝을 생각하지 말아주세요.

행복해지자.

네가 아팠던 만큼.

네가 원하는 만큼.

여유

가던 길을 멈춰 서서 사진 한 장 정도는 찍을 수 있는 여유를 가졌으면 좋겠습니다. 멈춰 서 있는 짧은 시간 동안 누군가가 놓치고 지나간 많은 것들을 주워 담을 수 있어요. 오늘이 아니면 두 번 다시 없습니다. 아무리 같은 일상일지라도 지나간 시간은 돌아오지 않습니다. 사진 한 장에 오늘을 담아주세요.

사진 한 장 정도 찍을 여유조차 없다면 당신 참 안쓰럽네요. 당신은 다른 누군가의 추억의 조연이 되었겠군요. 아무리 바쁜 삶이라도 사진 한 장 정도 찍을 여유는 당신에게 허락해주세요.

당신 인생의 주연은 당신이어야 하니까요.

당신이 되어보고 싶다

나는 당신이 되어보고 싶다.
나를 만나며 어떤 생각을 했을지
내게 느낀 감정이 어땠을지
진심은 어디까지였는지 알고 싶다.
그러니 내가 당신이 되어야겠다.

그렇게 당신이 되어 당신을 사랑하고 싶다.

보통의 연애

보통의 연애를 하고 싶다.
잠들기 전까지 연락하고도
눈을 떠서 일어났다며 연락하는 그런 연애.

하루는 꽃집을 지나가다
네 생각이 났다며 꽃을 선물하며
그런 소소한 것에 행복을 느끼는 연애.

함께한다는 것에 의미를 두는 연애.
서로의 일상이 되어줄 수 있는 그런 사람과
특별하지 않은 보통의 연애.

관계 유지

관계를 유지할 땐
숨을 쉴 때처럼
새로운 것을 들이고
헌 것을 내뱉을 줄 알아야지.
그래야 내가 죽지 않고 살아갈 수 있지.

목표

목표가 있는 사람에게는 두 가지의 마음이 생겨납니다.
잘해낼 수 있겠느냐는 의문과 잘해낼 수 있을 거라는 확신입니다.

종이 한 장에 '?'와 '!'를 같은 크기로 가득 채워 쓴다면 물음표가 훨씬 적게 적힐 것입니다.
종이 한 장에 들어갈 수 있는 물음표와 느낌표의 차이처럼 당신 목표에 의문이 있다면 그만큼 빈틈이 많을 겁니다.
반면, 당신의 목표에 확신이 있다면 그만큼 빈틈은 없을 겁니다.

우선 당신은 행복해주세요

상처는 또 다른 상처를 만들어내요.

항상 상처로 끝이 났던 당신이라 또다시 상처를 받기 싫어서 차라리 아무 일도 없이 지내고 싶어 하겠죠. 좋은 일도 나쁜 일도 아무 일도 없이 지내고 싶을 거예요. 그러지 말아주세요. 상처받는 것이 두려워서 행복하기를 피하는 당신이 안쓰러워요. 내가 뭔데 감히 당신을 안쓰러워할 수가 있을까 싶어요. 내가 당신을 안쓰러워하는 것도 당신에게는 상처가 될 수 있어요. 아무 일 없어도 당신은 상처받고 사랑받기를 반복하게 될 거예요. 그러니 부디 행복하게 상처받아주세요.

상처받는 것이 두려워 행복하기를 포기하지 말아주세요.
지금 당장은 힘들고 두렵겠지만 그래도 행복해주세요.

우선 당신은 행복해주세요.

참 잘했어요

당신 참 잘하고 있어요.

이제는 누군가에게 참 잘했다는 말 한마디 듣기 어려운 나이가 되었어요. 어릴 적 하루를 기록했던 일기장에 선생님들이 찍어주셨던 '참 잘했어요.' 도장 같은 거 말이에요. 오늘도 잘자라고 있다고, 잘했다고, 잘하고 있다고 해주는 사람이 없어서 당신이 더 작아 보이는 거예요. 사람이라는 게 원래 그래요. 아는 것도 한 번 더 듣고 싶은 거. 칭찬은 고래도 춤추게 한다는 말이 있잖아요. 하지만 이젠 참 잘했다는 소리를 듣는게 아니라 누군가에게 참 잘했다고 해줘야 할 나이가 된 거예요. 받은 사랑을 그대로 전해줄 때가 된 거죠.

아무도 말해주지 않지만 그래도 당신, 당신 나름대로 참 잘하고 있습니다. 조금 더 나은 사람이 되어 가고 있습니다.

조금만 더 힘내주세요.
조금 더 성숙한 어른으로 자라주세요.

실수하면 어떻고
실패하면 어때요.
어쨌든 성공하는 과정이니
오늘도 당신 참 잘했어요.

인간관계에는
선택이 필요하다

관계가 이어지는 것은 당연한 것이 아니다. 허기를 느끼는 것은 당연하지만, 그때 쌀을 먹느냐 빵을 먹느냐는 각자의 선택인 것처럼 선택할 수 있다는 말이다.

상대를 골라가면서 관계를 맺고 끊는 것은 별로 좋은 행동은 아니라고 보지만, 나에게 불필요한 관계는 내게 해를 끼치기 전에 골라낼 줄도 알아야 한다. 아무리 거르고 걸러도 내게 불필요한 인연은 곁에 있게 마련이지만 그 정도로도 감사해야 한다. 거르고 걸렀는데도 그렇게 내게 불필요한 인연이 많이 있는데, 거르고 거르지 않았더라면 더 많은 사람이 내게 상처를 주었을 것이니까.

당신과 함께한 모든 것에
사소한 것은 없었다

당신과 사소한 것까지 함께하고 싶었지만
당신과 함께한 모든 것에 사소한 것은 없었다.
함께했던 모든 순간이 특별하고 소중했다.

그러니 매 순간 최선을 다해야겠다.
특별하고 소중한 순간에 당신까지 있으니.

새벽

새벽에는 무슨 생각에 빠져 있더라도 나쁜 쪽으로 흘러가기
마련이다. 그게 행복이라고 할지라도 어느 순간 찾아올 끝을
상상하게 되거나 그런 일어나지도 않은 일에 상처받게 된다.

결국 새벽이라는 시간에 어울리는 사람은 없다.
아픈 것이 어울리는 사람은 없으니까.

이러지도
저러지도
말아주세요

어떻게 해야 할지 모르겠다면 이러지도 저러지도 말아주세요. '시간이 해결해주겠지.' 하는 무책임한 핑곗거리라도 믿어주세요. 제가 당신의 상황이 되어보지 못해서 아무리 좋은 말을 하고 싶어도 당신에게 와 닿지 않을 거예요. 당신의 아픔은 당신만 아니까요. 그러니 그냥 이러지도 저러지도 말아주세요.

아픈 만큼 더 성장한다고 해요.
심한 독감에 걸리고 나면 가벼운 감기 따위는 걸리지 않는 것처럼 당신, 이제는 아프지 않을 거예요. 언젠가는 지금 아팠던 것도 아무것도 아니게 느껴질 만큼 더 아픈 일이 생겨날 거예요. 그때도 지금처럼 이러지도 저러지도 말아주세요.

순간

한순간의 실수가 너를 아프게 하지만
한순간의 호기심이 우리를 행복하게 해줬잖아.

그래서 매 순간이 중요한 거야.
그 중요한 매 순간을 나랑 함께해주라.

그렇게 매 순간이 모여서
평생이 되어주라.

행복하지 않은 사람은
없습니다

행복이 대단한 곳에서 시작되는 것은 아니지만
행복이 가지고 있는 힘은 대단합니다.

늘 곁에 있기에 당연하다고 생각하는 것들도
곁에서 조금이라도 멀어지면 더욱 소중해지고
나에게는 아무것도 아닌 일들도
누군가에게는 평생의 소원이 될 수도 있습니다.

그래서 행복하지 않은 사람은 없습니다.
곁에 있는 행복을 소중하게 생각하지 않을 뿐.

기둥

기둥이 걸리적거린다고 해서
없애버리면

그 아래 있는 깃들은 하나씩 차례차례 무너진다.
외적으로 보이는 행동, 말 같은 것들도 그렇다.
보이고, 들리는 것만이 다가 아니다.

언제나 그렇게 될 수밖에 없는 이유는 존재한다.

좋은 사람의 기준

어느 날 한 독자분이 좋은 사람의 기준이 무엇이라고 생각하냐는 질문을 하셨다. 약간의 망설임조차 없이 난 이렇게 대답을 했다.

좋은 사람의 기준은 없어요. 받아들이는 것에 따라 좋은 사람으로 분류가 되는 것 같아요. 나에게 좋은 말만 해주는 사람이 좋은 사람이 될 수도 있고, 가시가 있는 말이지만 나에게 꼭 필요한 이야기를 해주는 사람이 좋은 사람이 될 수도 있어요. 그러니 받아들이는 사람에 따라 좋은 사람이 결정되는 거같아요.

그러니까 결국은 좋은 내가 되어야 합니다.

천천히 돌아가요

아무리 빠른 길이라고 해도 내가 다니던 길이 아니면 두렵게 느껴진다.

예를 들자면 택시를 타고 집에 가는데 기사님이 평소 가던 길과 조금 다른 길로 운행을 하시면 시간 때문이든 요금 때문이든 심적으로 엄청난 불안감에 휩싸인다. 하지만 어차피 시간과 요금은 거기서 거기일 것이다. 어쨌든 결론적으로는 원하는 목적지에 도착할 것이다.

다만, 항상 가던 길이 아니라 불안감이 생겨날 뿐이다.

조금 돌아간다고 해서 도착하지 않는 것은 아니다. 목적지만 있다면 언젠가는 도착할 것이다. 빠른 길을 선택해서 당신보다 서둘러서 도착한 사람은 도착하는 과정에서의 추억이 없을 것이다.

그렇다면 당신은 그 사람들보다 더 많은 것을 이룬 셈이 된
다.

가장 소중한 당신

잘하지 못하면 어때요.

처음부터 다 잘하는 사람이 어디 있다고 그래요. 너무 자신에게 엄격하게 대하지 마세요. 남에게 괜찮다며 용기를 불어 넣어주는 것처럼 자신에게도 괜찮다고 다독여주세요.

가장 소중한 건 당신입니다.

오늘은 어땠어요?

오늘이 아무리 힘들고 포기하고 싶은 날이라도 당신은 늘 그렇듯 잘 견뎌냈을 겁니다.

그러니 당신은 앞으로도 지금처럼 잘 이겨낼 거예요. 당신은 고작 이런 일에 무너질 사람이 아니라는 걸 잘 알아요. 그래도 혹시 모르니 오늘은 당신 이야기를 들어주고 싶어요.

오늘은 어땠어요?

자신감

자신감을 가졌으면 좋겠습니다.
자신을 믿는 느낌을 '자신감'이라고 합니다.
당신을 가리키는 말에도 '자신'이 들어갑니다.
말 그대로 당신 자체로 자신감이 넘쳤으면 좋겠습니다.

다른 것은 필요 없습니다.
당신은 그 자체로 멋진 사람이니 말이에요.

부디

모두가 다 행복하면 좋겠지만

어떤 날에는 행복이었다가
어떤 날에는 불행이 되어버린다.

모두가 행복할 어느 날에는
부디 불행했던 모든 기억을 잊기를.

나를 좋아해주는 사람
내가 좋아하는 사람

많은 사람들이 이 문제를 두고 토론을 합니다. 나를 좋아해주는 사람을 만날 것인지, 내가 좋아하는 사람을 만날 것인지. 내가 좋아하는 사람을 만나야 오래 행복할 거라는 의견과 나를 좋아해주는 사람을 만나야 오래 행복할 거라는 의견으로 나눕니다. 틀린 말은 아니지만 아무 필요 없는 의견입니다. 연애는 둘이서 하는 겁니다. 그래서 둘 다 있어야 합니다.

내가 좋아하는 사람이 나를 좋아해주는 일.
기적 같은 일이죠.

그런데 이 기적 같은 일이 그리 어려운 일은 아닙니다. 내가 좋아하는 사람을 만나면 상대방은 나를 좋아해주는 사람을 만나는 것이 됩니다. 그래서 고민할 필요가 없는 겁니다. 어쨌든 처음에는 누구 하나가 좋아해야 하니까, 누구 하나가 사랑받아야 하니까요. 일단 만나야 내가 좋아하는 사람이 나를 좋아해주는 기적 같은 일이 생길 수 있을 테니까 처음부터 고민하지 마세요. 내가 좋아하는 사람을 만나든 나를 좋아해주는 사람을 만나든 어쨌든 사랑을 만나는 건 변함없는 사실입니다.

상처

당신이 상처를 많이 받은 사람이었으면 좋겠다.
내가 당신의 아픔을 다 감싸줄 수 있게.
내가 당신에게 더 큰 존재가 될 수 있게.
당신의 상처가 모두 내 위로로 채워지게.

잔상

넌 항상 빛나는 사람이다.

빛이 나는 것은 아무리 흔들어도
지나간 자리에 잔상이 남게 돼.

그게 네가 빛이 난다는 증거야.
네가 지나간 자리는 항상 네 잔상으로 가득했거든.

혼자 있는 습관이 생겼다.

혼자 있는 것이 좋았던 것은 아니다. 늘 혼자 있다 보니 밥을 먹어도, 어디에 가더라도 혼자 결정하는 것에 익숙해졌다. 그래서 혼자가 편해진 것이다. 누군가를 기다리지 않아도 되고, 꼭 함께하지 않더라도 혼자서 할 수 있는 일이 생각보다 많다는 사실을 알았기 때문이다. 혼자서도 충분히 밥을 먹고 카페에 가고 여행을 떠날 수 있다. 분명 혼자 하는 것을 이해하지 못하는 사람도 있다. 하지만 혼자 결정할 줄 아는 사람은 스스로 결정하는 방법을 알게 될 것이다.

다수의 사람 사이에서 자신의 의견을 말할 수 있을 거란 말이다. 그렇게 더 큰 사람이 되어가는 것이다.

말하고 싶은 것이 있지만 말하지 못하는 것이 얼마나 답답한 일인가.

자신의 삶은 스스로 살아가는 것이다.
누군가의 응원과 도움이 원동력이 될 수도 있지만 어쨌든 내
삶이니 스스로 나아가야 한다.

'나는 왜 항상 혼자일까.' 하며 스스로 자책하지 마라.
더 넓은 세상을 살기 위한 준비 단계일 뿐이다.

장소

나는 서점을 좋아한다.

좋아하는 책이 있고
책을 좋아하는 사람이 있다.
내가 좋아하는 것을 좋아하는 사람이 있다.

나는 당신에게 좋아하는 장소가 있었으면 좋겠다.

당신이 좋아하는 곳과
좋아하는 무언가를 가졌으면 좋겠다.
마음 한편이 편안해질 수 있는 곳.
당신이 좋아하는 것을 좋아하는 사람이 있는 곳.

당신이 아무 걱정 없이 마음 편히 하루를 마무리할 수 있는
그런 장소가 있었으면 좋겠다.

그래도 난
당신과 함께라면
          늘 좋을 수 있어요

늘 좋을 수만은 없는 것처럼
늘 안 좋은 날만 있는 건 아니잖아요.

당신이 어떤 하루를 보냈든 상관없어요.
차라리 아픈 하루였다면 좋겠어요.
내 자리가 더 커질 수 있게.
당신의 빈자리들을 모두 나로 채울 수 있게.

오늘은 당신이 어디에 있든 함께 하겠어요.

엄마 손

어릴 땐 엄마 손이 참 좋았다.

엄마 손은 약손이라는 말이 있을 정도로 엄마 손은 언제나 내게 힘이 되어줬다. 엄마 손에 의학적 효능은 없다는 사실은 누구나 알 것이다. 그런데도 정말 힘이 들고 아플 때 엄마의 따뜻한 손길은 나를 평온하게 만들었다. 하지만 이제는 엄마의 손길에 내 모든 아픔을 맡길 수 없을 정도로 아픔이 많다. 분명 나에게 따뜻한 손길을 건네줬던 어른들은 다들 그렇게 아파하며 성장했을 것이다.

난 그렇게 어른이 되어야겠다.

온통 상처투성이인 당신에게 엄마 손 같은 존재가 되어줘야겠다.

노력

당신을 위해 노력하는 사람이 될게요.
그 노력이 당신에게 닿기를 바랄 뿐이에요.

내가 잘나지는 않았지만
당신에게는 잘난 사람이고 싶은 욕심이 가득해요.

그러니 당신을 위해 노력하는 사람이 될게요.

힘내,
내가 힘이 되어줄게

네가 힘들어하지 않았으면 좋겠어.
힘들어하고 싶어서 힘든 사람은 없겠지만,
빤한 말이지만 힘냈으면 좋겠어.

내가 해줄 수 있는 거라고는
옆에 있어주는 것밖에 없을 거 같지만
그래도 조금이라도 힘이 될 수 있다면
난 그렇게 할게.

뭐가 그렇게 힘든지는 중요하지 않으니.
부디 우울함을 찾는 새벽이 되지 않기를 바랄게.
어쨌든 네 곁에 항상 내가 있다는 사실은
변치 않으니 힘들면 기대어도 좋아.

또다시
　　당신이

또 보고 싶군요.

온종일 붙어 있다가 집 앞까지 데려다주고 돌아오는 발걸음은 항상 무겁기만 하고 온종일 붙어 있던 당신을 지금 당장볼 수 없다는 사실이 저를 또 애타게 하네요. 그런데 저는 지금 이 순간이 가장 행복해요. 보고 싶다고 애원할 수 있는 이순간이 제게는 너무 큰 행복인 걸요.

다시 꽃처럼 피어날 거야

잠시 허전할 뿐이야.
잠시 아플 뿐이야.

가을이 되어 잎이 떨어지듯
네게 가을이 찾아와 허전해졌고
네게 겨울이 찾아와 시린 것뿐이야.

네게 봄이 찾아올 거야.
다시 꽃이 피어날 거야.
다시 예전의 너로 돌아갈 거야.

다시 꽃처럼 피어날 거야.

제삼자

연애는 둘이서 하는 것인데
제삼자 때문에 문제가 생기는 경우가 많다.

자세히 알지도 못하는 이야기를 전달한다거나
확실하지 않은 이야기를 한다거나.

별것도 아닌 이야기라도
제삼자의 입을 통해서 듣게 되면
다르게 느껴지기 때문이다.

그러니 사랑하는 사람이라면 누군가의 입에서 나오는 말 따
위에 흔들리거나 상처받을 일 없게 사랑에 확신을 줘야 한다.
물론 누군가의 입에서 연인의 이야기가 나오는 것이 신경 쓰
이는 것은 당연하다.

그러니 항상 함께했으면 좋겠다.

누군가의 이야기를 들을 시간조차 없이.

내가 원했던 사랑

예뻤다.

그게 가식적인 미소라 해도 넌 항상 예뻤다.
내가 네게 원했던 것은 큰 사랑이 아니라
지금같은 사소한 미소였는데.

넌 어찌 아무렇지 않은 듯
이렇게 사랑스러운 미소를 내게 보이고 있을까.

운명

정말 운명이 있었으면 좋겠다.

너무 힘이 들어 포기하고 싶을 때 포기하지 않을 수 있게. 내 운명을 위한 밑거름이라 생각하고 아픔도 잘 참아낼 수 있게. 정말 운명이라는 것이 존재했으면 좋겠다. 사람은 누구나 힘들 때 상상 속의 신을 찾거나 어딘가에 기대고 싶어 한다. 운명이 정말 있다면 난 운명에 기대고 싶다.

운명이 있다면 내게 알려줬으면 좋겠다.

그렇다면 이 모든 아픔을 이겨낼 수 있을 것 같으니까.
이 모든 슬픔을 견뎌낼 수 있을 것 같으니까.

표현

사랑을 표현하는 방법은 하나다.
표현하지 않아도 느낄 수 있게
최선을 다해 사랑하는 것.

사람마다 표현의 방법이 다를 수는 있지만
사랑받고 있음을 느끼게 해주는 것.

그게 최고의 표현이라는 것은 같다.

모소대나무

개인적으로 가장 좋아하는 이야기가 있다.

'모소대나무' 씨앗을 뿌리고 4년 동안은 육안으로 구분하기 힘들 정도의 변화가 있을 뿐이라 과연 이 대나무가 죽었는지, 원래 그런 나무인지 대부분의 사람은 모른다는 것이다.

그래도 4년이라는 시간 동안 정성을 다해 키워나간다.
그러다 다음 해, 5년째 되는 날에는 언제 그랬냐는 듯 하루에 30cm씩 자라 6주가 지나면 15m의 거대한 대나무가 된다. 4년이라는 시간 동안 보이지 않는 땅속에서 뿌리를 내려 모든 양분을 흡수해두었다가 5년째 되는 해에 폭발적인 성장을 한다는 것이다.

이 이야기를 가장 좋아하는 이유는 모소대나무가 우리와 너무 닮았기 때문이다.

우리는 시작도 해보지 못한 일에 실망하고, 포기하곤 한다. 아무것도 변한 게 없다고 생각했기 때문에. 아무것도 변한 게 없는 것은 당장 눈에 보이는 것만 변화라고 느끼는 사람들의 생각이다.

그런 사람들은 정말 아무것도 변한 것도 없고, 변하지도 않을 것이다. 끝이 찾아오기 전까지 끝은 아무도 알 수 없다. 그런 사람들은 시작 없는 끝을 만드는 것이다. 뿌리가 튼튼해야 나무가 잘 자라고 열매를 맺을 수 있다.

뿌리.

기억해라.

당신의 노력은 뿌리가 되어가는 것이고,
당신의 좌절은 땅속에 갇혀 또 다른 뿌리들의 양분이 된다는
사실을.

콩깍지

웃을 때 가장 예쁘다.
네 활짝 핀 웃음꽃을 보고 있으면
괜스레 내 마음에도 웃음꽃이 생겨나더라.

밥을 잘 먹을 때 제일 예쁘더라.
배부르다는 네 말을 듣고는 괜히 장난을 치고 싶어서 그럼 남
은 것은 버려도 되냐고 물으면 너는 항상 조금 더 먹곤 했지.
그러다 더는 못 먹겠다는 표정으로 나를 바라보면 네 밥그릇
을 들고 가 남은 음식을 먹어주곤 했었지.

술에 취한 모습이 너무 귀엽더라.
술을 마시는 날이면 한 잔만 마셔도 홍조가 생기는 네 볼이
어쩌나 귀엽던지. 취하지 않았다며 거짓말하는 네 목소리는
어쩜 그리 좋은지.

역시 좋은 사람과 있으니 뭐든 좋게 보이나 보다.
오늘도 좋은 사람과 함께할 수 있어서 행복하다.

새벽이라 네 생각에 빠진 걸까.

네 생각을 하다 보니 새벽인 걸까.

깊은 바다

한 사람에게 빠져 헤어 나올 수 없는 건 당연한 거예요. 당신
이 빠진 사람을 바다라고 생각해봐요. 원래 깊은 바다일수록
더 위험한 것들이 많아요. 더 깊을수록 다시 돌아오기 힘들어
서 파도가 치는 대로 몸을 맡기는 게 제일 마음 편해요. 발버
둥을 치다가는 어느새 더 깊은 곳으로 갈 수도 있거든요. 그
러니 발버둥 치지 마요. 있는 그대로, 흘러가는 그대로 그 사
람에게 빠져주세요.

바다처럼 큰 사람이니까
그런 사람에게 빠져버렸으니까
당연히 나는 당신에게 흘러들어 가야겠다.

낯선 길

괜찮아, 잘될 거야.

두려워하지 마. 아직 한 번도 네가 걸어보지 못한 길이라 그런 거야. 왜 그런 거 있잖아. 항상 다니던 길이 아닌 다른 길을 들어설 때 생겨나는 불안감 같은 것. 그런 거야. 계속해서 뒤를 돌아보게 되고 돌아가서 '원래 가던 길로 갈까?' 하고 생각을 하게 되는 그런 거야. 네가 항상 걷던 길이 낯선 사람도 있고 네가 걸으려 하는 그 길이 익숙한 사람도 있어. 다들 그렇게 살아가. 각자에게 어울리는 길로 스스로 걸어가는 거지. 선택은 너 스스로 하는 거야. 그 선택에 오답은 없고. 왜냐면 스스로 선택할 기회가 있었다는 건 네가 선택한 그 길이 정답이라는 거니까.

난 널 응원한다.

Q.

몇 번의 이별을 겪으니 시작하지도 않은 만남에 고민부터 하고 힘들어요. 그리고 힘들어하면서도 기댈 곳을 찾는 내가 너무 속상해요.

A.

당연히 그럴 수밖에 없죠.

어릴 적 부모님을 따라 치과를 갈 때면 치과 특유의 냄새만 맡아도 겁이 나기 시작했죠. 아플 거라는 사실을 이미 알기 때문이에요. 치료하기 위해 병원에 가는 것도 겁나는데 하물며 사람에게 상처받은 마음은 치료하기도 힘드니 겁나는 게 당연하다 생각해요. 그래도 어른이 되면서 치과에 자주 가지 않게 된 것처럼 무뎌질 날이 올 거예요.

Q.

남녀 사이에 친구가 될 수 있다고 믿었던 사람입니다. 분명 친구 사이인데 제가 그 사람을 좋아하는 것 같아요. 그래서 좋아한다고 말하고 싶은데 멀어질까봐 두려워서 친구로 옆에 계속 남아 있는 중이에요.

A.

저는 남녀 사이에 친구는 없다고 믿는 편이에요. 인간관계가 유지되려면 분명 서로에게 좋은 감정이 있어야 유지가 될 거예요. 친구에게 느끼는 좋은 감정이라 해도 어쨌든 사람에게 느낀 좋은 감정이잖아요. 그러니 저는 남녀 사이에 친구는 없다고 생각해요. 좋은 감정과 사랑하는 감정은 종이 한 장 차이라고 생각해요. 친구라도 좋아하면 어때요. 더 좋아해주세요. 멀어질까 두려워하는 게 당연합니다. 그래도 좋아하는 마음이 있다면 그 정도는 각오하시길 바랄게요.

Q.

제가 어떤 사람인지를 모르겠어요. 내가 누군지, 어떤 사람인지 확실한 주관이 잡혀야 어떻게 살아가야 하는지 방향이라도 정할 텐데, 저도 제가 누군지, 어떤 사람인지 모르겠네요.

A.

저도 아직은 제가 어떤 사람인지 잘 모르겠어요. 그래서 저도 어떻게 살아야 할지 앞길이 막막하기만 해요. 그런데 한 가지 확실한 건 똑같은 고민을 예전에도 했었다는 거예요. 그리고 한 가지 다른 것은 지금은 더 답답하다는 거예요. 현실을 봐야 하는 어른이 되어서 그래요. 살아가는 길에 지름길은 없어요. 그래서 저도 같은 고민을 하고 있어요. 이 고민의 정답은 자신이 가지고 있는 것 같아요. 어쩌면 벌써 정답을 찾았을 수도 있어요. 그러니 어느 길을 가더라도 부디 좋은 길이 되길 바랄게요.

Q.
누군가에게 사랑받으려면 어떤 노력을 해야 할까요?

A.
노력하지 않아도 사랑해줄 수 있는 사람이 곁에 머무르길 바랄게요. 당신이 노력해야 이어지는 관계라면 노력하지 않는 순간 끝나게 돼요. 그래서 이 관계에서 갑은 당신입니다. 당신이 끊을 수 있는 관계이니까요. 그러니 노력하지 않아도 됩니다. 당신이 노력해야 이어지는 관계라면 아무리 노력을 하고 있어도 더 많은 노력을 요구할 거예요. 그러니 노력을 해서 사랑을 받으려 하지 말아주세요. 노력이 필요한 순간은 서로가 노력하고자 할 때입니다. 혼자만 하는 노력은 하지 마세요. 당신은 충분히 사랑받아야 마땅한 사람이니까요.

Q.

저는 이제 막 스무 살인 여자예요. 다들 그렇듯 그냥 아르바이트를 가끔 하면서 이 시간을 보내고 있는데 그것마저 하기 싫어서 그만둘까 생각 중이에요. 남들은 다 열심히 사는 것 같은데 저만 이렇게 무기력하게 지내고 있는 것 같고 이러다 나중에 무슨 일이든 쉽게 포기할까봐 걱정이에요.

A.

저도 그래요. 하고 싶은 게 없어요. 더 정확하게 말하자면 뭘 하고 싶지가 않아요. 지금 이대로도 괜찮으니까 더 나태해지고 쉽게 포기하게 되는 거예요. 그런데 그게 아직은 모르는 거예요. 날개를 펼칠 줄도 몰랐던 아기 새가 어느새 자연스레 날개를 펼치고 가르쳐주지 않아도 날아다니기 시작해요. 언젠가 당신도 그렇게 날아다닐 날이 올 거예요. 남들이 열심히 사는 만큼 나도 열심히 살아야겠다고 생각할 수는 있지만, 본인 나름대로 열심히 하면 돼요. 본인만의 기준을 세워주세요.

어차피 남이 대신 살아주는 인생이 아니니까 본인이 만족하는 삶이라면 된 거니까요.

Q.

왜 사랑을 시작하면 이별을 생각하지 못하는 걸까요. 헤어짐을 받아들이는 동안 너무 힘들었는데, 사람을 잊을 수 있는 방법 중에 가장 좋은 게 뭘까요.

A.

사랑을 시작할 때 이별을 생각하지 않는 것은 정말 좋은 것이라 부러워요. 저는 항상 이별을 먼저 생각하게 되더라고요. 연애를 많이 해보지는 못했지만 그래도 늘 이별을 생각하게 되는 저라서 이별을 생각하지 못하는 게 정말 부러워요. 이별을 생각하지 않고 있으니 사랑하는 순간에는 마음껏 최선을 다할 수 있잖아요. 최선을 다할 수 있는 조건이 갖추어졌으니 최선을 다했다면 후회는 하지 않을 거예요. 헤어짐이라는 게 말없이 다가오는 것이라서 당연히 아프고 힘들 수밖에 없는 거예요. 사람을 잊는 데는 빤한 말이지만 시간이 정말 약이에요. 잘 아시잖아요. 시간이 지나면 어느 정도는 무뎌진다는 것. 어느 정도는 잊힌다는 것. 그러다 또 다른 사랑이 내게 찾아오겠죠. 그리고 또 아프지만 반복되겠죠. 괜찮습니다. 더 많이 사랑하고 더 많이 이별해보세요. 사랑도 이별도 아프지만 추억입니다. 추억은 돈을 주고도 살 수 없는 거니까요.

Q.

결국, 아쉬운 사람이 먼저 연락한다는 말을 믿나요?

A.

결국, 아쉬운 사람이 먼저 연락하겠죠.

그런데 왜 아쉽게 만들어 버리는 건가요. 사랑한다면, 먼저 연락 오기를 기다린다면 그러지 않았어야죠. 놓치기 싫은 사람이니 자존심 같은 것 다 버리고 먼저 다가가야 하는 것 아닐까요. 무작정 기다리기보다는 내가 보고 싶으니 당장 연락해요. 후회하지 않게.

오늘도
　　　　수고하셨습니다

2016년 11월 내 인생의 첫 번째 전시회 '글러리: 여러 색의
밤'이 성황리에 첫째 날을 마치고, 온몸 구석구석 성한 곳이
없을 정도로 피로가 극도로 밀려들었다. 이날 전시가 끝나고
처음 내뱉은 말은 "오늘, 모두 수고하셨습니다."였다. 정말 모
두 수고했다. 직장을 마치고, 학교를 마치고, 아픈 몸을 이끌
고 모두가 한마음 한뜻이 되어 첫째 날을 마무리했다.

그날 하루 동안 전시장을 찾아주신 그 많은 사람들은 뭐가 그
렇게도 힘들고, 위로받고 싶었을까. 그 많은 글을 하나하나
읽어보며 어떤 생각을 했을까. 왜 사진으로 담아내고, 봤던
글을 또다시 읽어보고 그랬을까. 그 사람들은 어떤 감정을 느
꼈을까.

정답은 없다. 같은 책을 읽더라도 느끼는 것이 모두 다른 법, 누구에게는 위로가 될 수 있는 글이 누군가에게는 가시 같은 말이 될 수도 있다.

글이라는 게 그렇다.
읽는 사람에 따라 다르게 받아들여지는 것.

꽃 선물을 받는 것을 싫어하는 사람이 어디 있겠나 싶지만, 알레르기가 있거나 꽃에 관한 안 좋은 추억이 있는 이들에게는 최악일 것이다. 아픈 곳을 계속 건드리는 거니까.

이날 내 글을 보러 와준 사람들은 어떤 감정을 느꼈을까. 아팠을까, 아니면 힘이 되었을까.

뭐든 좋다. 나를 보러 와준, 우리를 보러 와준 그 사람들에게 힘이 되는 글을 쓸 것이다. 상처받기 위해, 아프기 위해 내 글을 읽는 사람은 없을 것이다. 없어야 한다.

내가 이날 했던 "오늘, 모두 수고하셨습니다."라는 말은 전시장을 찾아준 모든 사람에게 한 이야기이다. 전시장에 찾아와주어서 수고했다는 의미가 아니라, 오늘 하루도 내 글이 위로가 될 수 있게 해준 당신의 하루에 하는 이야기이다.

오늘 하루도 당신은 수고했다.